Mis cuentos preferidos de Hans Christian Andersen

Mis cuentos preferidos de Hans Christian

ANDERSEN

Ilustraciones de Jordi Vila Delclòs
Traducción de Jimena Licitra

· · ·
·

Combel
E D I T O R I A L

© 2007, Jordi Vila Delclòs para las ilustraciones
© 2007, Combel Editorial, S.A.
Casp, 79 – 08013 Barcelona
Tel.: 902 107 007
combel@editorialcasals.com

Traducción: CÁLAMO&CRAN, S.L. (Jimena Licitra)
Diseño gráfico: Pepa Estrada

Primera edición: febrero de 2007

ISBN: 978-84-9825-015-2
Depósito legal: B-4093-2007

Printed in Spain
Impreso en Índice, S.L.
Fluvià, 81-87 – 08019 Barcelona

ÍNDICE

PRÓLOGO

Si alguna vez vais a Copenhague, la capital de Dinamarca, podréis ver, en una de las principales plazas de la ciudad, un monumento al escritor Hans Christian Andersen, el autor de la selección de cuentos que presentamos a continuación. Asimismo, en Copenhague, si vais al puerto, podréis admirar una estatua de bronce que representa una sirenita. Esta sirenita es la protagonista de uno de los relatos de este cuento, *La sirenita*, uno de los cuentos más conocidos de Andersen. Hoy en día, dicha estatua de bronce es como un símbolo de la ciudad, y es conocida en todo el mundo. Andersen es, sin duda, la gran figura nacional de Dinamarca, y el más famoso de todos sus escritores.

Hans Christian Andersen nació en 1805 en Odense, una pequeña ciudad de la isla danesa de Fyn. Su padre era zapatero y tenía problemas económicos, por lo que su madre tenía que ayudarlo limpiando ropa. Así pues, podemos afirmar que la familia del pequeño Hans Christian era más bien pobre. Sin embargo, Andersen siempre recordó los primeros años de su vida como una época feliz. Su padre le contaba cuentos y le construyó un pequeño teatro en el que aquel niño imaginativo hacía representaciones con personajes de papel recortado. Los argumentos de dichas representaciones se basaban en las historias que le contaban su padre y su abuela. No obstante, su padre tuvo que ir a la guerra y, cuando volvió a casa, cayó gravemente enfermo; murió cuando el niño acababa de cumplir doce años. Andersen trabajó en diversos oficios para ganar algo de dinero y, finalmente, cuando tenía catorce años, se marchó de Odense, su ciudad natal, para partir hacia Copenhague, la capital, con la intención de hacerse un hueco en aquello que le gustaba: el teatro, la poesía y el mundo de las letras en general. Fueron años duros y tortuosos, que aparecen reflejados en sus narraciones, pero gracias a la ayuda que recibió de algunas personas pudo estudiar y, finalmente, consiguió hacerse un hueco como escritor.

La obra literaria de Andersen es muy variada. Escribió novelas, poesía, obras de teatro, artículos periodísticos y libros de viaje. Sin embargo, sus cuentos maravillosos, destinados a los más jóvenes pero leídos por gente de todas las edades, son los que lo hicieron célebre, confiriéndole una fama universal que no ha parado de crecer con el paso de los años. Para dichos relatos, Andersen se inspiró en los cuentos y leyendas de los países nórdicos, en los que predominan los elementos fantásticos y donde los animales, plantas y otros objetos cobran vida y actúan y hablan como si fueran personas. No obstante, la mayoría de los cuentos que escribió, alrededor de doscientos, son originales, es decir, inventados por él, a diferencia de otros famosos autores de cuentos, como Perrault y los hermanos Grimm, que transcribieron las narraciones que habían recogido de boca de la gente del pueblo. Algunos de los cuentos de Andersen son un poco tristes y no siempre tienen un final feliz. Sin embargo, en todos ellos se manifiestan la imaginación, la sensibilidad y también, a menudo, el sentido del humor del autor. Narraciones como *El soldadito de plomo*, *El ruiseñor*, *El traje nuevo del emperador*, *La pequeña vendedora de cerillas*, *La sirenita* y *El patito feo* forman parte del conjunto de textos más célebres, y también más traducidos y leídos, de la literatura universal. Uno de estos cuentos, *El patito feo*, tiene un cierto carácter autobiográfico, porque Andersen, como el patito del cuento, pasó de ser un niño pobre, desvalido y tratado sin consideración, a ser un hombre célebre, admirado y bien considerado por todo el mundo.

De las otras obras de Andersen, la única que todavía se lee es su autobiografía, titulada *La aventura de mi vida*. Hans Christian Andersen murió en Copenhague en 1875, a la edad de setenta años.

En el presente volumen, hemos seleccionado quince de los cuentos más representativos y más conocidos de Andersen, que pueden dar una idea del conjunto de su vasta obra como cuentista y que siguen siendo de gran interés para los lectores de hoy día. Dicen que uno de los secretos del éxito extraordinario que Andersen tuvo con estos relatos se debe a su lenguaje sencillo, limpio y pulido, sin la artificiosidad literaria que era tan habitual en la mayoría de los escritores de su tiempo. Nosotros, en nuestra versión, hemos intentado, con gran afán, ser fieles a dicho carácter de los relatos del gran escritor danés, de forma que nuestro texto también tenga la fluidez y la naturalidad de los relatos originales.

Un elemento que debe ser justamente valorado en nuestra edición son las ilustraciones, originales de Jordi Vila Delclòs, uno de nuestros mejores ilustradores actuales. Sus ilustraciones son a la vez poéticas y realistas, y se caracterizan por la fidelidad y la exactitud de su ambientación. Los cuentos de Andersen no han de situarse en una época remota, sino en una época un poco anterior a la existencia del autor. Tanto es así que el vestuario de los personajes, los uniformes militares, los pueblos y ciudades, las calles, los interiores de los grandes palacios y de las casas de la gente sencilla que Jordi Vila ha representado en sus dibujos corresponden perfectamente a la época en que se supone que Andersen situaba sus relatos, alrededor de doscientos años antes del nacimiento del autor. Por otro lado, también hemos de destacar los ambientes exóticos en los que transcurren algunos cuentos, como, por ejemplo, *La sirenita* y *El ruiseñor*, que permiten el verdadero lucimiento de nuestro artista. Al placer de leer, o de releer, unas narraciones que conservan un atractivo que no decae se suma ahora el placer de admirar unas ilustraciones que son auténticas obras de arte.

Albert Jané

EL ENCENDEDOR

Esto era un soldado que marchaba muy ufano por la carretera, como andan los soldados a ritmo de paso ordinario: ¡un, dos!, ¡un, dos! Llevaba la mochila a la espalda y un sable al costado, pues había estado en la guerra, y ahora iba de regreso a su casa. En el camino se cruzó con una vieja bruja. ¡Era feísima, con aquel horrible labio inferior colgándole casi hasta el ombligo! La bruja se dirigió a él:

–Buenas tardes, soldado. Se ve que eres un soldado entero y verdadero, con esa mochila tan grande y ese imponente sable. Ya verás, ¡te ayudaré a conseguir todo el dinero que quieras!

–Gracias, vieja bruja –dijo el soldado.

–¿Ves aquel árbol? –la bruja señaló un gran árbol que crecía no lejos de donde ellos estaban–. Por dentro está completamente hueco. Si subes a la copa, verás que en el tronco hay un agujero. Métete dentro y baja hasta el fondo. Yo te voy a atar esta cuerda a la cintura, para ayudarte a subir cuando me avises.

–Y una vez dentro ¿qué tengo que hacer? –preguntó el soldado.

–¡Pues sacar montones de dinero! –respondió la bruja–. Cuando llegues abajo, verás un pasillo muy largo, iluminado por más de cien lámparas. Encontrarás tres puertas con la llave en la cerradura, conque podrás abrirlas sin problema. En el centro de la primera habitación hay un arcón muy grande, y encima del arcón verás un perro que tiene los ojos muy grandes, del tamaño de dos tazas de té; pero tú no tengas miedo. Te voy a dejar mi delantal azul; extiéndelo en el suelo y reúne coraje para coger al perro en tus brazos y ponerlo encima del delantal. Después podrás abrir el arcón, que está lleno de monedas de cobre, y coger todas las que quieras. Pero, si prefieres monedas de plata, ve a la siguiente habitación. En ella hay un perro con los ojos tan grandes como dos ruedas de molino. Pero tampoco le tengas miedo: tú ponlo encima del delantal y llévate todo el dinero que desees. En cambio, si lo que quieres es oro, conseguirás todo el que se te antoje; no tienes más que ir a la tercera habitación. Eso sí: el perro que hay en ésta tiene los ojos inmensos, del tamaño de dos torreones. Éste sí que es un perrazo formidable, te lo aseguro, pero tampoco tienes nada que temer, pues no te hará nada: coge al animal, siéntalo encima de mi delantal y llévate todo el dinero que quieras.

–¡No está nada mal! –exclamó el soldado–. Pero dime, bruja, ¿y a ti qué te traigo? ¡Porque digo yo que tú querrás algo para ti!

–Nada, no quiero ni un céntimo –respondió la bruja–. Para mí trae sólo un viejo encendedor que se dejó mi abuela olvidado la última vez que estuvo ahí.

–Bueno, pues entonces, venga, átame la cuerda a la cintura –se animó el soldado.

–Ya está, y aquí tienes mi delantal a cuadros azules –replicó la bruja.

El soldado trepó al árbol y se metió por el agujero. Tal y como había indicado la bruja, llegó al pasillo que estaba iluminado por cientos de lámparas. Cuando abrió la primera puerta, ¡ay!, el perro estaba allí sentado, mirándolo fijamente con sus dos ojos tan grandes como tazas de té.

–Bonito, bonito... –le decía el soldado; lo posó encima del delantal de la bruja y se llenó los bolsillos con todas las monedas de cobre que pudo.

Luego volvió a poner al animal donde estaba y fue a la segunda habitación. Pero, ¡huy!, al entrar se topó con el segundo perro, el que tenía los ojos como ruedas de molino.

—No me mires así —le dijo el soldado—, que te van a doler los ojos. —Y sentó al perro encima del delantal. Cuando vio la inmensa cantidad de monedas de plata que desbordaban la gran caja, se deshizo en un periquete de todas las piezas de cobre que había cogido y se llenó los bolsillos y la mochila con toda la plata que pudo.

Luego pasó a la tercera habitación. ¡Qué horror! No era una broma: ¡aquel perro tenía los ojos del tamaño de dos torreones! ¡Y para colmo giraban en su cara como norias!

—Buenas tardes —el soldado lo saludó llevándose la mano a la gorra, pues no había visto un perro como aquél en toda su vida. Se quedó contemplándolo un rato y, cuando hubo saciado su curiosidad, lo bajó al suelo, abrió la caja de monedas y... ¡qué barbaridad! Había allí oro como para comprarse la ciudad de Copenhague entera, y todos los cerditos de caramelo de las pastelerías, todos los soldaditos de plomo, los látigos y los caballitos balancines del mundo. ¡A eso lo llamaba él una fortuna!

En menos que canta un gallo el soldado se sacó de los bolsillos y de la mochila todas las monedas de plata que había cogido antes y las sustituyó por las de oro. Se llenó a rebosar todos los bolsillos, la mochila, la gorra y hasta los zapatos. ¡Casi no podía ni andar! ¡Cuánto dinero tenía! Volvió a sentar al perro encima del arcón, cerró la puerta tras de sí, y desde abajo gritó a la bruja:

—¡Ya puedes subirme, vieja bruja!

—¿Tienes el encendedor? —preguntó ella.

—¡Anda, es verdad! Se me había olvidado —dijo, y se volvió a buscarlo.

La bruja lo ayudó a subir. Ya estaba el soldado de vuelta en la carretera, con los bolsillos, la mochila, los zapatos y la gorra atiborrados de monedas de oro. Entonces preguntó:

—¿Y para qué quieres el encendedor?

—Eso a ti no te importa —contestó la bruja—. Ahora tienes mucho dinero. Tú dame el mechero y no hagas preguntas.

–¡Eh, eh! Un momento –dijo el soldado–. Dime ahora mismo lo que piensas hacer con él, o desenvaino mi sable y te corto la cabeza.

–¡Que no! –insistió la bruja.

Entonces el soldado le cortó la cabeza, y la bruja cayó al suelo cuan larga era. El soldado envolvió todo el dinero con el delantal, hizo con él un hato y lo cargó a la espalda; se metió el encendedor en el bolsillo y se fue derechito a la ciudad.

¡Qué hermosa ciudad era aquélla! Se dirigió a la mejor posada y pidió la habitación más cara y, para comer, sus platos preferidos, pues ahora, con tanto dinero, era un hombre rico.

El criado al que le tocó limpiar las botas del soldado pensó: «Vaya botas más viejas para un caballero tan rico», pues el soldado aún no se había comprado calzado nuevo. Al día siguiente adquirió unos buenos zapatos para andar y vestidos elegantes. Se había convertido en un caballero muy distinguido. Le explicaron todas las cosas que merecían la pena en la ciudad, y le hablaron del rey; y le contaron también lo hermosa y delicada que era la princesa.

–¿Y sería posible verla? –preguntó el soldado.

–En absoluto. Nadie puede ver a la princesa –le respondía todo el mundo–. Vive recluida en un gran castillo todo de cobre, amurallado y con infinitos torreones. Nadie más que el rey puede entrar y salir de él, pues una profecía dice que la princesa se casará con un soldado raso, y el rey quiere evitar a toda costa que dicha profecía se cumpla.

«Me encantaría verla», pensó el soldado. Pero al parecer era completamente imposible.

El soldado disfrutaba de la buena vida: iba al teatro, paseaba en coche por los jardines del rey y era generoso con los pobres; les daba mucho dinero, pues él sabía muy bien cuánto les costaba a los pobres conseguir unas monedas, ya que él mismo había pasado por ello. Ahora que era rico y distinguido, se había hecho muchos amigos, y estaba encantado, pues todos sin

17

excepción lo ponían por las nubes diciendo que era una buenísima persona y un auténtico caballero.

Sin embargo, como el soldado gastaba dinero todos los días, pero no ganaba nada en absoluto, al final sólo le quedaron unas perrillas de nada y se vio obligado a cambiar su lujosa habitación por una inmunda buhardilla arriba del todo; además, tenía que limpiarse él mismo los zapatos y remendarlos con una aguja de zurcir. Para colmo, ninguno de sus amigos venía a visitarlo, porque vivía en el último piso y eran demasiadas plantas para subir andando.

Un día, cuando ya era casi de noche, nuestro soldado no tenía ni para comprarse una vela. Entonces recordó que quedaba un trozo de mecha del chisquero que había cogido en el árbol de la bruja. Sacó el mechero y el trozo de mecha, pero, en cuanto frotó el pedernal y saltaron chispas, se abrió la puerta y apareció ante él el perro de los ojos como tazas de té, el que había visto dentro del árbol, y le dijo:

—¿Qué ordena mi señor?

—¿Qué es esto? —se asombró el soldado—. ¡Vaya un encendedor más extraordinario! ¡Me concede lo que deseo! —y ordenó al perro—: Consígueme algo de dinero —y, ¡hop!, en un santiamén el perro desapareció y volvió a aparecer con una bolsa llena de monedas en el hocico.

Entonces el soldado descubrió los maravillosos poderes de aquel mechero. Si chiscaba una vez, aparecía el perro que vio sentado encima del arcón de monedas de cobre. Si chiscaba dos veces, acudía el de las monedas de plata. Y, si daba tres golpes, venía el perro guardián del oro. El soldado volvió a alquilar sus lujosas habitaciones, se puso de nuevo sus elegantes vestidos, y sus amigos lo reconocieron enseguida y volvieron a alabar sus buenas cualidades.

Un día pensó: «Esto de que esté prohibido ver a la princesa es muy extraño. Por lo que cuenta todo el mundo, debe de ser el colmo de la belleza. Y total ¿para qué? ¡Para quedarse encerrada entre las torres de ese dichoso castillo de cobre! Tengo que encontrar algún modo de verla... Mi mechero, ¿dónde está mi mechero?». Chiscó el encendedor y, ¡hop!, se presentó en el acto el perro con los ojos como tazas de té.

—Ya sé que estamos en plena noche —le dijo el soldado—, ¡pero daría lo que fuera por ver a la princesa, aunque sólo sea un momento!

El perro salió ipso facto, y al soldado no le dio tiempo ni a pestañear, que ya estaba el perro de vuelta con la princesa. La traía tumbada sobre su lomo, dormida, y tenía un aspecto tan encantador que se veía claramente que era una auténtica princesa. Sin poder contenerse, el soldado le dio un beso, puesto que también él era un auténtico soldado.

El perro fue corriendo a devolver la princesa a su castillo; pero por la mañana, mientras el rey y la reina la acompañaban en el desayuno, la princesa confesó que había tenido un sueño muy raro con un perro y un soldado; había estado cabalgando montada sobre el perro, y el soldado le había dado un beso.

—¡Pues menuda historia! —dijo la reina, y ordenó que una de las viejas damas de la corte vigilara la cama de la princesa, para averiguar si se trataba de un sueño o de otra cosa.

El soldado estaba desesperado por ver a la princesa, y el perro volvió por la noche a buscarla, la montó sobre su lomo y cabalgó todo lo rápido que pudo, pero la dama de la reina se calzó unas botas altas y salió disparada a perseguir al perro. Cuando vio que se metía en la gran casa, pensó: «Ya sé dónde están», y trazó una enorme cruz de tiza en la puerta. Después volvió al castillo y se acostó. El perro llegó poco después a depositar a la princesa en su habitación. De vuelta a la casa en la que vivía el soldado, vio la cruz de tiza pintada en la puerta. Ni corto ni perezoso, cogió otro trozo de tiza y marcó, muy astuto él, todas las puertas de la ciudad con una cruz. Así la dama de la corte ya no podría distinguir cuál era la puerta exacta, puesto que todas estaban marcadas con una cruz.

A la mañana siguiente, el rey y la reina salieron temprano, junto con la vieja dama de la corte y con todos los oficiales de la corte, para ver dónde había estado la princesa.

—¡Allí! —dijo el rey al ver una cruz en una puerta.

—¡No, querido! ¡Es allí! —exclamó a su vez la reina, al ver otra puerta marcada.

—¡Y allí hay otra! ¡Y allí otra! —decían todos señalando con el dedo todas las puertas marcadas con una cruz. Enseguida se dieron por vencidos, al ver que de nada serviría seguir buscando.

Pero la reina era una mujer muy ingeniosa y tenía mucho mundo, que no todo era dar paseos en carroza. Con sus grandes tijeras de oro cortó a trozos un gran retal de seda y confeccionó una bolsita; la llenó de harina negra muy fina y la cosió a la espalda de la princesa. Cuando hubo terminado, hizo un agujerito en la bolsa, para que la harina fuera esparciéndose por el camino.

Por la noche volvió el perro a buscar a la princesa, la subió a su lomo y corrió a ver al soldado, que tanto quería a la princesa, y que en sus sueños deseaba ser un príncipe para casarse con ella. El perro, que no se dio cuenta de que la sémola iba dejando rastro desde el castillo hasta la ventana del soldado, trepó por el muro con la princesa a cuestas.

Por la mañana, el rey y la reina descubrieron fácilmente dónde había estado su querida hija, arrestaron al soldado y lo hicieron prisionero.

¡Oh! ¡En qué celda más oscura y lúgubre lo metieron! Y, encima, sentenciaron a bocajarro:

—Mañana serás ahorcado.

Desde luego, al soldado no le hizo ninguna gracia, porque además había olvidado el mechero en la habitación de la posada. A la mañana siguiente, a través de los barrotes del ventanuco, vio cómo llegaba la gente de la ciudad, ansiosa por presenciar la ejecución. Oyó los tambores y vio desfilar a los soldados. Todo el mundo iba corriendo; había entre el gentío un aprendiz de zapatero

remendón vestido con su delantal de cuero y sus zapatillas; corría tan rápido que una de las zapatillas se le salió del pie, voló por los aires y fue a parar directamente al muro desde el que el soldado contemplaba la escena.

–¡Eh, aprendiz, no corras tanto! –gritó el soldado–. Tranquilo, hombre, que el espectáculo no va a empezar sin mí. ¿Puedes hacerme un favor? ¿Puedes ir lo más rápido que te lleven las piernas a la casa donde yo vivía y traer mi encendedor? Te daré cuatro monedas. ¡Pero tienes que correr como una centella!

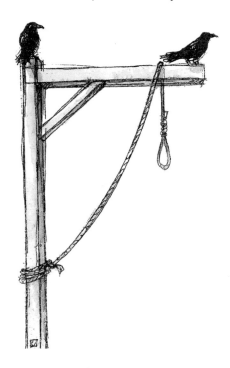

Al aprendiz de zapatero lo sedujo la idea de ganarse las cuatro monedas y salió como una flecha a buscar el mechero; luego, se lo entregó al soldado y... ¡ahora empieza lo mejor del cuento!

A las afueras de la ciudad habían levantado un imponente cadalso; alrededor de él hacían guardia muy firmes los soldados y se agolpaban cientos de miles de personas. El rey y la reina estaban majestuosamente sentados en sus tronos, delante del tribunal de jueces y del consejo.

Cuando el soldado estaba ya preparado en lo alto de la horca, con la soga al cuello, dijo que en estos casos siempre se concedía al pobre condenado un último deseo inocente antes de la ejecución. Y pidió que le dejaran fumarse una pipa, ya que iba a ser la última pipa que disfrutaría en este mundo.

El rey no se atrevió a rechazar este deseo, y el soldado tomó su encendedor, lo chiscó ¡una, dos y tres veces! y, al instante, aparecieron todos los perros, el de los ojos grandes como tazas de té, el de los ojos como ruedas de molino y el de los ojos como torreones.

—¡Deprisa! ¡Ayudadme a escapar de la horca! —gritó el soldado.

Entonces los perros se abalanzaron sobre los jueces y los miembros del consejo, mordiendo a discreción piernas y narices, lanzando los cuerpos por los aires, tan alto que se rompían en mil pedazos al chocar contra el suelo.

—¡No! ¡Soltadme! —gritaba el rey, pero el perro más grande lo atrapó, y a la reina también, y los lanzó a ambos por los aires, como a los otros.

Los soldados estaban aterrorizados, y la multitud gritaba:

—¡Soldado! ¡Tú serás nuestro rey, y te casarás con la hermosa princesa!

Llevaron al soldado en volandas hasta la carroza real, y los tres perros abrían paso y vitoreaban: «¡Hurra!», mientras los mozos del pueblo los aclamaban a gritos y los soldados presentaban armas. La princesa salió por fin del castillo de cobre y se convirtió en reina, y estaba encantada con el cambio. Las nupcias duraron ocho días, y los perros se sentaron a la mesa con los ojos abiertos como platos, dándoles vueltas y más vueltas.

• • •
•

LA PRINCESA Y EL GUISANTE

Érase una vez un príncipe que quería casarse con una princesa, pero quería que fuera una princesa de verdad. Así pues, decidió dar la vuelta al mundo para ver si encontraba una. A decir verdad, princesas no faltaban, pero él no acababa de tener la certeza de que fueran auténticas princesas: siempre encontraba en ellas algo sospechoso. De modo que regresó de su viaje muy triste por no haber hallado lo que tanto deseaba.

Una noche se desencadenó una terrible tormenta; restallaban los relámpagos, bramaban los truenos y la lluvia caía a mares. ¡Hacía un tiempo espantoso! Alguien llamó a la puerta del castillo, y el viejo rey fue corriendo a abrir.

Era una princesa. Pero, ¡santo cielo!, el agua le caía a chorros por el pelo y la ropa, se colaba por la punta de sus zapatos y le salía por los talones. Ella, no obstante, afirmaba que era una verdadera princesa.

«Eso lo averiguo yo enseguida», pensó la anciana reina. Y, sin decir nada, entró en la habitación, retiró de la cama las sábanas y el colchón y puso un guisante encima del somier. Luego cogió veinte colchones, los amontonó encima del guisante y los cubrió con otros veinte edredones.

Así preparó la cama para la princesa. A la mañana siguiente, cuando le preguntaron qué tal había pasado la noche, la joven respondió:

—¡Muy mal! ¡Casi no he podido pegar ojo en toda la noche! Sabe Dios lo

25

que habría en la cama; algo muy duro que me ha dejado la piel llena de moratones. ¡Qué suplicio!

Por su respuesta comprobaron que se trataba de una auténtica princesa, pues había notado un guisante escondido bajo veinte colchones y veinte edredones. ¿Qué otra mujer, salvo una princesa, podría tener la piel tan delicada?

El príncipe, convencido de que se trataba de una princesa de verdad, se casó con ella. Y en cuanto al guisante, fue expuesto en un museo, y allí debe de estar todavía, salvo que algún admirador lo haya robado.

Ésta sí que es una historia verdadera. ¡Tan verdadera como la princesa!

• • •
•

La sirenita

Más allá del horizonte, en alta mar, el agua es de un azul tan intenso como los pétalos más azules de un hermoso aciano, y transparente como el cristal, pero también es tan profunda que ningún ancla llegaría jamás a tocar el fondo. Para subir a la superficie, haría falta colocar cientos de torres de campanarios unas sobre otras. Allí es donde viven los habitantes del mar.

Pero no vayáis a creer que el fondo marino se compone exclusivamente de blanca arena. Ni mucho menos, pues en él crecen plantas y árboles de formas extrañas, y son tan blandos que la mínima ondulación del agua los agita como si estuvieran vivos. Peces de todos los tamaños se cuelan entre las ramas de las plantas acuáticas, igual que hacen los pájaros en los árboles terrestres.

En lo más profundo del mundo marino se alza el castillo del rey del mar, cuyos muros están hechos de coral; sus ventanas ojivales son de un hermosísimo ámbar transparente, y el techo está todo cubierto de conchas que se abren y se cierran al paso de las corrientes marinas. Es un espectáculo digno de ver, pues dentro de cada concha hay perlas brillantes, tan extraordinarias que una sola de estas perlas serviría para adornar fastuosamente la corona de una reina.

El rey del mar se había quedado viudo hacía ya muchos años, y su anciana madre era la que cuidaba del castillo. Era una mujer de gran inteligencia, pero muy orgullosa de pertenecer a la alta nobleza; por eso ostentaba siempre doce ostras en la cola, cuando los otros personajes importantes de palacio sólo podían lucir seis. Pero no por ello merecía menos elogios, sobre todo porque adoraba a sus nietas, las princesitas del mar, que eran seis lindas criaturas. La más bella de todas era la más joven: tenía la piel blanca y aterciopelada como pétalos de rosa y los ojos azules como las aguas profundas de un lago, pero, al igual que sus hermanas, no tenía piernas, y su cuerpo terminaba en media cola de pez.

Las niñas pasaban todo el día jugando en los grandes salones del castillo, donde crecían flores gigantes por las paredes. Cuando se abrían los ventanales de ámbar, entraban los peces, igual que en nuestra casa entran las golondrinas volando cuando abrimos las ventanas, y llegaban nadando alegremente hasta las princesas para comer de su mano y dejarse acariciar.

Fuera del castillo había un jardín esplendoroso, con árboles de intensos colores rojos y oscuros tonos azules. Brillaban sus frutos como el oro, y las flores, que agitaban vivamente sus tallos y sus hojas, parecían un fuego ardiente. El suelo era una finísima arena de color azul, como azufre en combustión. Un extraordinario resplandor azulado lo envolvía todo y, más que en el fondo del mar, uno se creería al aire libre, rodeado de cielo por todas partes. Con él en calma, a través del agua se veía el sol, que parecía una florecilla púrpura cuyo cáliz produjera luz a raudales.

Cada princesa tenía su propia parcela del jardín, que podía plantar y decorar a su gusto. Una hizo con flores el dibujo de una ballena, otra prefirió plantarlas en forma de sirena; pero la más joven dio a su parterre la forma de un círculo, en honor al sol, y plantó únicamente flores de vivos colores rojizos, como los del sol. Era una niña especial, reservada y pensativa, y, mientras que sus hermanas decoraban su trocito de jardín con curiosos objetos que sacaban de barcos naufragados, ella se conformaba –aparte de las flores rojas que imitaban al sol– con una bonita estatua de mármol; era la figura de un niño tallada en blanca piedra, un niño que había caído al fondo del mar después de un naufragio. Al lado de la estatua plantó un sauce llorón de color rosa, que crecía espléndido y cubría la estatua con sus ramas frescas, que caían hasta la arena azul, y en la arena su sombra adquiría un tono violeta y se agitaba al compás de las ramas. Parecía que la copa y las raíces de aquel sauce jugaran a intentar abrazarse eternamente.

El mayor gozo de esta niña era escuchar las historias del mundo exterior, en el que vivían los humanos. Obligaba a su abuela a contarle absolutamente todo lo que sabía acerca de barcos, ciudades, hombres y animales. Le parecía especialmente maravilloso el hecho de que las flores terrestres tuvieran aroma, pues las del fondo del mar no huelen a nada; y que los bosques fueran verdes, y que los peces que se veían entre las ramas de los árboles cantaran con tanto estrépito y tan deliciosamente que uno podía pasarse horas escuchándolos. La abuela llamaba peces a los pájaros para que sus nietas se hicieran una idea, ya que nunca habían visto un pájaro.

—Cuando cumpláis quince años —les dijo un día la abuela—, podréis subir a la superficie y sentaros en las rocas para ver pasar los barcos a la luz de luna, y podréis admirar los bosques y las ciudades.

Al año siguiente, la mayor de las hermanas iba a cumplir quince años, pero las demás... En fin, como había un año de diferencia entre cada hermana, la más pequeña tendría que esperar todavía cinco años para subir a la superficie y ver cómo era la vida en la tierra. Así que se prometían unas a otras que se contarían con todo detalle lo que vieran y lo que más les gustara su primer día en el exterior; su abuela nunca se explayaba lo suficiente, y ¡había tantas cosas que querían saber!

Pero ninguna de ellas estaba tan impaciente por subir como la hermana pequeña, que era precisamente la que tenía por delante la espera más larga y que era tan reservada y pensativa. Muchas noches se quedaba asomada a la ventana, mirando hacia arriba a través del agua azul, que hacían ondear los peces con sus aletas y su cola. Podía distinguir la luna y las estrellas y, aunque su brillo a través del agua era más bien difuso, vistas desde el fondo parecían mucho más grandes que como nosotros las vemos. Y, si alguna vez cruzaba una especie de nubarrón negro, ella bien sabía que se trataba de una ballena o un barco lleno de gente; los humanos, en cambio, nunca podrían figurarse que debajo del barco había una hermosa sirenita con sus blancos brazos extendidos hacia la quilla.

Llegó el día en que la hermana mayor cumplió quince años y la dejaron subir a la superficie.

Regresó de su aventura con mil cosas que contar, pero lo más agradable de todo, según ella, era quedarse tumbada en un banco de arena con el mar en calma y mirar, desde la orilla, las luces de la gran ciudad, que brillaban como estrellas, escuchar la música y el bullicio de los carruajes y de los humanos, contemplar los campanarios con sus esbeltas agujas y oír el repicar de las campanas. Todo esto causaba aún más envidia a la sirenita, porque todavía le faltaban años para poder subir.

¡Con qué avidez escuchaba la sirenita las palabras de su hermana mayor! Más tarde, asomada a la ventana para mirar hacia la superficie a través del agua azul, se imaginaba cómo serían la gran ciudad y todo su bullicio, e incluso le pareció que llegaba hasta ella el sonido de las campanas.

Al año siguiente, le tocó a la segunda hermana el turno de viajar por todo el océano a donde ella quisiera. Sacó la cabeza del agua justo cuando se estaba poniendo el sol, y fue este espectáculo el que más la impresionó. El cielo entero parecía de oro, decía. ¡Y las nubes! Describía una y otra vez la infinita belleza de las nubes, y cómo pasaban por encima de su cabeza, rojas y violetas, y cómo, aún más rápido que las nubes, volaba una bandada de cisnes salvajes, que formaban una especie de sábana blanca sobre el agua, justo por donde se ponía el sol; contó cómo se puso a nadar en esa dirección, pero el sol acabó de hundirse en el horizonte y su reflejo rosáceo se apagó en las nubes y en la superficie del mar.

Al año siguiente, la tercera hermana subió a la superficie. Era la más intrépida de todas y se atrevió a desafiar la corriente de un río que desembocaba en el mar. Vio hermosas colinas verdes plantadas de viñedos, y castillos y granjas situados en medio de magníficos bosques; oyó el canto de los pájaros, y el sol daba tanto calor que la sirena tenía que meterse en el agua cada dos por tres para refrescarse la cara. En una pequeña cala se topó con un grupo de niños que se bañaban desnudos en el agua; pero, cuando intentó jugar con ellos, se asustaron y salieron espantados del agua, y entonces se acercó a ella un pequeño animal negro, que era un perro, pero ella no lo sabía porque hasta entonces nunca había visto un perro; el animal ladraba con tanta furia que ella se asustó y se alejó nadando mar adentro todo lo rápido que pudo. Pero ya nunca podría olvidar los magníficos bosques, las verdes colinas y los simpáticos niños que sabían nadar aunque no tuvieran cola de pez.

La cuarta hermana, que no era tan valiente, se quedó en medio del océano, y contó que eso era precisamente lo más hermoso de todo, pues desde allí se veía el paisaje kilómetros y kilómetros a la redonda, y el cielo cubría el mar como si fuera una gran campana de cristal. Ella también había divisado algunos barcos, pero estaban muy lejos y le parecían gaviotas; vio juguetones delfines dando mil volteretas, y ballenas que resoplaban agua por sus agujeros dorsales, provocando un fabuloso espectáculo de cientos de chorros de agua por toda la superficie del mar.

Llegó el turno de la quinta princesa; su cumpleaños caía en pleno invierno, así que vio cosas que sus hermanas no habían podido ver la primera vez que habían subido. El mar estaba todo verde, y en él flotaban enormes icebergs. Parecían perlas, decía la princesa, y eran mucho más grandes que los campanarios construidos por los hombres; los había de todas las formas inimaginables y brillaban como diamantes. Ella se había sentado sobre uno de los más grandes, y los veleros, al verla con su larga melena al viento, se alejaban asustados. Pero al atardecer el cielo se cubrió de nubes y estalló una tormenta con truenos y relámpagos, mientras el oscuro mar elevaba los grandes bloques de hielo, que brillaban con el resplandor de los relámpagos. Los barcos cargaron las velas, y todos los hombres fueron presa del pánico; pero ella siguió sentada tranquilamente en el iceberg flotante, observando cómo los rayos caían en zigzag sobre el agua reluciente.

La primera vez que las princesas salían del agua, se quedaban encantadas con todas las cosas nuevas y hermosas que veían, pero como, al hacerse mayores, podían salir a la superficie cuantas veces quisieran todas aquellas maravillas perdían su encanto del principio, y al final sólo estaban deseando volver a casa. Al cabo de un mes, decían que su mundo submarino era mucho más hermoso y que, a fin de cuentas, como en casa no se estaba en ningún sitio.

Muchas tardes, las cinco hermanas subían cogidas del brazo a la superficie. Sus voces eran maravillosas, mucho más que las de cualquier criatura

humana y, cuando amenazaba tormenta y creían que algún barco corría peligro, nadaban junto a la quilla y entonaban cantos extraordinarios sobre la belleza del mundo submarino, y trataban de infundir valor a los marineros para que no tuvieran miedo de bajar al fondo. Pero los marineros, que no entendían el lenguaje de las sirenas, creían que aquello era el ruido de la tormenta, y de hecho no podían comprobar lo hermoso que era el fondo del mar porque, cuando se hundía un barco, sus hombres se ahogaban y al castillo del rey del mar sólo llegaban sus cadáveres.

Por las tardes, mientras sus hermanas subían de la mano a la superficie, la más joven las seguía con la mirada y sentía enormes ganas de llorar, pero las sirenas no tienen lágrimas, y eso hace que su dolor sea todavía más agudo.

–¡Ojalá tuviera quince años! –se lamentaba–. Estoy segura de que me van a encantar el mundo exterior y los humanos que viven en él y que construyen sus casas.

Hasta que por fin cumplió quince años.

–Ya no estás bajo mi autoridad –le dijo su abuela, la encopetada viuda–. Ven aquí, te voy a engalanar como engalané a tus hermanas –y puso sobre su cabeza una corona de azucenas blancas, cada uno de cuyos pétalos era la mitad de una perla, y luego hizo que sujetaran a la cola de la princesa ocho fabulosas perlas dignas del rango de su nobleza.

–¡Cómo duele! –exclamó la princesa.

–Para estar vestido como es de rigor, hay que sufrir un poco –respondió la abuela.

¡Lo que hubiera dado ella por quitarse de encima todo aquel lujo y la pesada corona! Desde luego, le sentaban mucho mejor las flores rojas de su jardín, pero no se atrevía a quejarse, pues su atuendo estaba ya terminado.

–¡Adiós! –dijo, y se fue nadando a través del agua, ligera y transparente como una burbuja.

Cuando asomó la cabeza a la superficie, el sol acababa de ponerse, pero las nubes relucían todavía como las rosas y el oro, y en aquella atmósfera rosácea brillaba Venus, estrella de la noche, clara y bellísima. El aire era fresco y suave, y el mar estaba en calma. Había cerca de allí un gran barco de tres mástiles, con una única vela desplegada, pues no soplaba ni una ligera brisa, y se veía algunos marineros sentados en las vergas y las jarcias. Se oían instrumentos y voces cantando, y cuando empezó a oscurecer se encendieron cientos de faroles de todos los colores, y parecía que flotaban al viento los pabellones de todos los países del mundo. La sirenita llegó nadando al ventanuco del salón y, cada vez que el oleaje la elevaba, podía ver a través de los cristales gran cantidad de gente con sus mejores galas; el más apuesto de todos era el joven príncipe, que tenía unos grandes ojos negros. Apenas tendría unos dieciséis años y estaban celebrando su cumpleaños; por eso había todo ese boato. Los marineros bailaban en el puente y, cuando el príncipe apareció junto a ellos, más de cien cohetes salieron disparados por los aires, iluminando el cielo con luz de día; la sirenita se asustó tanto que se metió corriendo en el agua, pero enseguida volvió a asomar la cabeza, y en ese momento todas las estrellas del cielo parecían llover sobre ella. Nunca antes había visto fuegos artificiales. En el firmamento, grandes soles giraban vertiginosamente, fantásticos peces de fuego atravesaban el aire azul, y todo aquello se reflejaba en el agua pura y lisa del mar. Sobre el barco había tanta luz que se distinguía perfectamente cada uno de los cabos, y aún con más nitidez se veía a los hombres. ¡Qué apuesto era el joven príncipe! Ofrecía la mano y sonreía a todo el mundo, y reía mientras la música resonaba en la exquisita noche.

Se estaba haciendo ya tarde, pero la sirenita no podía apartar los ojos del barco ni del príncipe. Los faroles de colores se apagaron, dejaron de estallar cohetes en el cielo y hacía rato que había cesado el ruido de los cañones; pero del fondo del mar provenía un murmullo fuerte como un rugido. Mientras tanto, la sirenita seguía en el agua mecida por las olas, y así podía contemplar el salón. Pero entonces el barco empezó a tomar velocidad, desplegaron las velas, las olas se fueron haciendo cada vez más grandes, se amontonaron negros nubarrones en el cielo y empezaron a anunciarse relámpagos a lo lejos. ¡Se estaba preparando una terrible tormenta! Los marineros aferraron las velas, y el barco zozobraba en la mar impetuosa a un ritmo desenfrenado. Las olas se elevaban como negras montañas que amenazaban con desplomarse sobre el mástil, pero el barco se hundía como un cisne entre el oleaje y volvía a salir elevado por las olas, que se agolpaban con ferocidad. La sirenita pensaba que aquél estaba resultando un viaje muy ameno, pero los pobres marineros no eran de la misma opinión. Por todas partes el barco crujía, se doblaban los tablones bajo los efectos de las violentas sacudidas que resquebrajaban el casco, el mástil se partió como un junco y el barco daba bandazos, mientras el agua entraba en la bodega. La sirenita se dio cuenta entonces de que estaban en serio peligro; incluso ella tenía que ir esquivando las vigas y los restos del barco que flotaban en el agua. Llegó un momento en que la oscuridad lo envolvió todo y no se veía absolutamente nada; sólo cuando empezaron los relámpagos a dar fogonazos se iluminó de nuevo la escena y pudo ver a los del barco. Cada cual intentaba salir a flote como podía; ella buscaba sobre todo al príncipe, y lo vio al fin cayendo hacia el fondo del mar cuando se hundió el barco. Al principio se puso muy contenta, pues creía que él se dirigía hacia el mundo submarino, cerca de ella, pero recordó que los humanos no pueden respirar en el agua, y para cuando llegara al castillo de su padre ya habría muerto. ¡No! ¡Tenía que impedir a toda costa que el príncipe muriera! Nadó entre los maderos que flotaban a la deriva, sin pensar que ella misma podía morir aplastada, se sumergió en el agua y volvió a salir entre las olas, y logró por fin llegar junto al príncipe, que luchaba por nadar en medio de aquel mar desatado; le pesaban los miembros y se le cerraban los ojos, y habría muerto de no ser por la princesa, que lo ayudó a mantener la cabeza fuera del agua y dejó que las olas los arrastraran a donde ellas quisieran.

Por la mañana había amainado. Del barco no quedaba ni rastro. El sol empezaba a salir por el horizonte, rojo y radiante, y la vida parecía resurgir en las mejillas del príncipe; pero sus ojos seguían cerrados. La sirenita besó su frente clara y le retiró el pelo mojado de la cara. Le pareció que el príncipe se parecía a la estatua de mármol de su jardín; le dio otro beso y deseó con todas sus fuerzas que no muriera.

Tenía ante ella tierra firme y azuladas montañas en cuyas cumbres brillaba la nieve, como si miles de cisnes estuvieran durmiendo sobre ellas; abajo, por la costa, se extendían verdes bosques, y justo en frente había una iglesia o un convento, no lo sabía con seguridad, pero en cualquier caso era un edificio construido por los hombres. El jardín estaba plantado de limoneros y naranjos, y delante del pórtico crecían altas palmeras hasta el cielo. Al entrar en tierra, el mar formaba una pequeña cala muy tranquila que llegaba hasta una roca rodeada de arena; allí llevó al príncipe y lo depositó en la playa, con mucho cuidado, sosteniéndole la cabeza para que recibiera el calor del sol.

Las campanas del gran edificio blanco empezaron a repicar y un grupo de jóvenes muchachas cruzó el jardín. La sirenita se alejó nadando y se escondió detrás de unas piedras que sobresalían del agua; se cubrió el pelo y el pecho con espuma de mar, para que nadie pudiera verla, y se quedó espiando para ver quién encontraba el cuerpo del pobre príncipe.

No tardó mucho en acercarse una joven a la playa; al principio pareció muy asustada, pero enseguida se fue en busca de ayuda, y la sirenita vio que el príncipe volvía a la vida y sonreía a todos los que lo rodeaban. Pero en ella no reparó, pues en realidad el príncipe no sabía que era ella quien lo había salvado; se sintió tan desgraciada que, cuando se llevaron al príncipe al interior del gran edificio, volvió muy triste al agua y regresó al castillo de su padre.

Siempre había sido una niña reservada y pensativa, pero desde ese momento lo fue aún más. Y así, cuando sus hermanas le preguntaron qué había visto en su primer viaje a la superficie, no fue capaz de contarles nada.

Más de una vez volvió al lugar donde había dejado al príncipe. Vio cómo maduraban los frutos del jardín y cómo los recolectaban, vio también cómo se derretía la nieve de las altas montañas, pero al príncipe no lo volvió a ver, y por eso regresaba a su hogar cada vez más afligida. Su único consuelo era sentarse en el jardín y abrazar la bonita estatua de mármol que se parecía tanto a él, pero ya no se ocupaba de sus flores, que crecían silvestres e invadían los senderos del jardín, liando sus largos tallos en los troncos de los árboles, y el ambiente se volvió muy sombrío.

Al final no pudo soportarlo más y se desahogó con una de sus hermanas, y todas las demás se enteraron rápidamente, pero no se lo dijeron a nadie más, excepto a unas sirenas amigas suyas que sólo se lo contaron a sus mejores amigas. Una de ellas conocía al príncipe, pues también había visto la fiesta de cumpleaños aquella noche, y sabía dónde vivía y dónde estaba su reino.

—¡Ven, hermanita! —le dijeron las princesas; y, abrazadas por los hombros, subieron a la superficie formando una larga cadena y llegaron hasta el lugar donde sabían que se hallaba el castillo del príncipe.

Estaba construido con piedras brillantes de color amarillo claro y tenía grandes escalinatas de mármol, una de las cuales bajaba hasta la playa. Por encima del techo se levantaban magníficas cúpulas doradas y, entre las columnas que rodeaban todo el edificio, había estatuas de mármol que parecían tener vida propia. Por las cristaleras de los ventanales se veían los suntuosos salones decorados con lujosas cortinas de seda y extraordinarios tapices, y de las paredes colgaban preciosos cuadros dignos de admiración. En medio del salón principal había un gran surtidor que lanzaba un chorro hacia lo alto de la cúpula de cristal, a través de la cual entraban los rayos del sol, que se reflejaban en el agua y en las preciosas plantas que crecían en la fuente.

Ahora que la sirenita sabía dónde vivía el príncipe, volvió muchas tardes y noches, y nadaba muy cerca de la orilla, más de lo que ninguna otra sirena había llegado antes, e incluso se adentró en el estrecho canal que pasaba por debajo del balcón de mármol cuya sombra se proyectaba en el agua. Se quedaba allí sentada para contemplar al joven príncipe, que creía estar paseando solo a la luz de la luna.

Muchas tardes lo veía navegando al son de la música, con las banderas flotando al viento. Ella curioseaba tímidamente a través de los verdes juncales y, si el viento agitaba su largo velo plateado, y alguien lo veía, creía que era un cisne extendiendo las alas.

Otras veces, por la noche, cuando los pescadores salían al mar con sus faroles, ella los oía hablar maravillas del príncipe, y entonces se ponía muy contenta por haberle salvado la vida cuando lo zarandeaban las olas, y recordaba cómo el príncipe había apretado la cabeza contra su pecho y cómo ella le había dado ardientes besos; pero él no recordaba nada de aquello y no podía siquiera soñar con ella.

Su amor por los humanos era cada día más grande, y cada vez mayor era su ansia por subir a la superficie; el mundo terrestre le parecía mucho más vasto que el marino, pues los humanos podían recorrer el mar en sus barcos y escalar altas montañas por encima de las nubes, y sus países se extendían con sus bosques y campos más allá de lo que alcanzaba la vista. ¡Había infinidad de cosas que deseaba tanto conocer! Pero sus hermanas no podían responder a todo, y por eso intentaba sonsacar información a su abuela, que conocía muy bien el mundo superior, que es como ella, con mucho tino, llamaba a los países que estaban por encima del mar.

–Si los humanos no se hunden –preguntaba la sirenita–, ¿es que viven para siempre? ¿No mueren, como nosotros, los que vivimos en el mar?

–Sí –respondió la anciana–, también llega un día en que mueren, y su vida es incluso más corta que la nuestra. Nosotros vivimos trescientos años y después, cuando dejamos de existir aquí, simplemente nos transformamos en espuma de mar, y no tenemos tumbas para descansar cerca de nuestros

seres queridos. Nosotros no tenemos un alma inmortal, ni resucitamos, sino que somos como los verdes juncos, que, una vez cortados, no reverdecen. En cambio, los humanos tienen un alma eterna, que sigue viva incluso después de que su cuerpo se transforma en polvo; se eleva en el aire límpido y sube hasta las estrellas. Igual que nosotros nos elevamos del fondo del mar para ver el país de los humanos, ellos se elevan a lugares desconocidos, repletos de tesoros que nosotros no podremos ver jamás.

–¿Y por qué a nosotros no se nos ha concedido un alma inmortal? –preguntó la princesa con tristeza–. Yo daría encantada mis trescientos años de vida por poder vivir como los humanos, aunque sólo fuera un día, ¡y después formar parte del mundo celestial!

–¡No digas esas cosas! –exclamó la anciana señora. Nosotros somos mucho más felices aquí abajo que los humanos allá arriba.

–Entonces tendré que morir y flotar convertida en espuma de mar, ¡y ya no podré escuchar nunca más la música de las olas, ni veré las preciosas flores, ni el rojo sol! ¿No hay nada que pueda hacer para conseguir un alma eterna?

–No –contestó la anciana–, salvo que un humano se enamore de ti hasta tal punto de que seas para él más importante que sus propios padres, y que se una a ti con toda su mente y te entregue todo su amor, y que te pida en matrimonio ante un sacerdote, prometiendo serte fiel en este mundo y para toda la eternidad; sólo en ese caso su alma pasaría a tu cuerpo y tú tendrías entonces derecho a disfrutar de los placeres de los humanos. Él te dotaría de un alma, sin por ello perder la suya. ¡Pero esto no ocurrirá jamás! Porque precisamente lo más hermoso de nuestro mundo marino es tu cola de pez, que para los terrestres es una monstruosidad, fíjate lo poco inteligentes que son. ¿Qué te parece? Para ser guapo en su mundo hace falta tener dos especies de columnas movibles que ellos llaman piernas.

La sirenita suspiró y miró desanimada su cola de pez.

–Tenemos que dar gracias –dijo la anciana–; saltemos y divirtámonos durante los trescientos años que tenemos de vida. Es un plazo bastante largo, al final del cual no tendremos otro deseo que descansar, por fin. Esta noche hay baile en palacio.

Hay que reconocer que el baile era de un esplendor como jamás se ha visto en la tierra. Las paredes y el techo del gran salón de baile eran de cristal grueso pero transparente. Cientos de conchas enormes, rosas y verdes, se alineaban a cada lado y desprendían una llama azulada que iluminaba toda la sala y que resplandecía a través de los muros del castillo, de forma que, desde fuera, el mar quedaba iluminado. Se veían multitudes incontables de peces grandes y pequeños que venían a juguetear cerca de las paredes de cristal; unos tenían hermosas escamas de color púrpura brillante, y otros eran dorados y plateados. En medio del salón corría un ancho río, en el que bailaban tritones y sirenas al son de sus melodiosas voces. Los humanos no tienen voces tan prodigiosas. La sirenita fue la que mejor cantó esa noche, y todos la aplaudieron entusiasmados, y por un momento volvió a sentir alegría en su corazón, pues sabía que tenía la voz más hermosa de todos los habitantes de la tierra y del mar. Pero enseguida volvió a recordar el mundo exterior, y otra vez no pudo dejar de pensar en el príncipe; sentía un mordaz dolor por no tener, como él, un alma inmortal. Salió en silencio del castillo de su padre y, mientras que en el interior del baile todo eran risas y cantos, ella se sentó cabizbaja en su parcelita del jardín. Entonces oyó el sonido de un cuerno atravesar el agua y llegar hasta ella, y pensó: «Debe de estar a punto de dar su paseo en barco, allá arriba, el que yo amo más que a un padre y una madre, el que ocupa todos mis pensamientos y en cuyas manos yo querría depositar mi felicidad. ¡Estaría dispuesta a darlo todo por conseguir su amor y por ganarme un alma inmortal! Mientras mis hermanas bailan en el castillo, voy a visitar a la bruja del mar, que tanto miedo me ha dado siempre; tal vez ella pueda ayudarme».

Y la sirenita salió de su jardín y se dirigió hacia los estridentes remolinos tras los que vivía la bruja. Nunca había tomado este camino. Allí no crecían flores

ni vegetación marina alguna; sólo había arena gris que se extendía hasta los torbellinos, en los que el agua, como una ensordecedora rueda de molino, giraba
sobre sí misma, arrastrando hacia el fondo del mar todo lo que atrapaba. Para
llegar al dominio de la bruja, la sirenita tenía que atravesar aquellos atronado-
res remolinos, y, una vez allí, el único camino que se abría ante ella pasaba
inevitablemente por una turba caliente y burbujeante que la bruja llamaba su
lodazal. La casa de la bruja estaba detrás, en medio de un extraño bosque.
Todos los árboles y los arbustos eran pólipos, mitad animales, mitad vegetales,
y parecían serpientes de cien cabezas que salían de la tierra; sus ramas eran
como brazos largos y viscosos, con dedos blandos como gusanos, y las articu-
laciones estaban en constante movimiento, desde la raíz hasta las extremidades.
Se aferraban a todo lo que pudieran atrapar en el mar y ya no volvían a soltar-
lo. La sirenita estaba tan aterrorizada que no se atrevía a seguir nadando; el corazón se le salía del pecho de puro miedo y a punto estuvo de volverse atrás, pero
entonces pensó en el príncipe y en el alma humana, y eso le hizo recobrar sus
fuerzas. Se sujetó la larga melena flotante alrededor de la cabeza, para impedir
que los pólipos la atraparan, cruzó las manos en el pecho y se impulsó, rápida
como un pez que vuela a través del agua, entre aquellos horribles seres que
extendían sus brazos y sus ágiles dedos hacia ella. Vio que cada uno de ellos
apretaba con fuerza algo que había logrado capturar, y lo sujetaban con cientos
de férreos bracitos. Los seres humanos que habían muerto en el mar y que se
habían hundido hasta las profundidades aparecían ahora en forma de esqueletos blancos entre los brazos de los pólipos. Éstos sujetaban timones y cofres,
esqueletos de animales terrestres e incluso una sirenita que habían ahogado
entre sus brazos; esta visión fue sin duda la más espantosa.

Llegó a un gran claro donde el suelo era pegajoso y donde unas enormes
y gruesas culebras jugueteaban dejando ver sus horribles vientres amarillen-
tos. En medio de aquel claro se levantaba una casa construida con huesos de
náufragos; en ella vivía la bruja del mar. Estaba dando de comer a un sapo

que cogía la comida directamente de su boca, como cuando los humanos dan azúcar a su pequeño canario. Llamaba a sus horribles culebras «mis pollitos» y las dejaba rebozarse contra su pecho grueso y flácido.

—Sé perfectamente a lo que vienes —dijo la bruja del mar—, ¡y es muy estúpido por tu parte! Pero te concederé de todas formas lo que deseas, pues te hará muy desgraciada, querida princesa. Deseas deshacerte de tu cola de pez y sustituirla por dos muñones, para poder andar como los humanos y para que el joven príncipe se enamore de ti, te pertenezca y consigas tú también tener un alma inmortal.

Con estas palabras, la bruja estalló en carcajadas tan sonoras y tan esperpénticas que el horrible sapo y las culebras cayeron al suelo, donde siguieron retorciéndose. La bruja continuó hablando:

—Llegas justo a tiempo, pues mañana por la mañana ya no habría podido ayudarte y habrías tenido que esperar otro año entero. Te voy a preparar un brebaje; llévalo a tierra antes del amanecer, y bébetelo en la orilla: tu cola de pez se partirá y encogerá, y se convertirá en eso que los hombres llaman piernas. ¡Pero te va a doler tanto como si una afiladísima espada te atravesara el cuerpo! Los que te vean dirán que no han visto nunca una niña más encantadora que tú. Conservarás tu andar grácil y delicado, y no habrá en ningún lugar del mundo una bailarina tan ligera como tú, pero cada paso que des te dolerá como si te deslizaras por el filo de una cuchilla. Si estás dispuesta a soportar todos estos dolores, podré ayudarte.

—¡Estoy dispuesta! —exclamó la sirenita con la voz temblorosa al pensar en el príncipe y en el alma inmortal que tanto anhelaba.

—Pero recuerda —le advirtió la bruja— que una vez que te conviertas en humana, ¡ya no podrás volver a ser sirena! Nunca más podrás atravesar el agua para volver con tus hermanas al castillo de tu padre y, si no ganas el amor del príncipe, de tal forma que incluso se olvide de sus padres por ti, se una a ti con todo su ser y te declare su fidelidad de esposo ante un sacerdo-

47

te, para que os convirtáis en marido y mujer, no conseguirás tu alma inmortal. Si se casa con otra, al día siguiente se te partirá el corazón y pasarás a ser tan sólo espuma de mar.

–¡Acepto! –dijo la sirenita, pálida como un cadáver.

–Pero ahora, además, debes pagar un precio –dijo la bruja–. Y no es poco lo que te pido. La tuya es la voz más hermosa de todos los habitantes del mar, y gracias a ella crees que podrás embrujar a tu príncipe; pues bien, el precio de mi ayuda es tu voz. Quiero lo mejor de ti a cambio de mi cotizado brebaje, pues tengo que poner mi propia sangre en él para que sea cortante como una espada de doble filo.

–Pero, si te doy mi voz, ¿qué me quedará a mí? –preguntó la sirenita.

–Pues tu encantadora figura –contestó la bruja–, tu grácil andar y tus expresivos ojos; todo eso es bastante para seducir a un hombre. Vamos, ¿no irás a echarte atrás? Saca tu preciosa lengüita para que la pueda cortar, y a cambio te daré el poderoso brebaje.

–¡Está bien! –dijo la sirenita, y la bruja puso el caldero al fuego para preparar la poción mágica.

–Tiene que estar todo limpísimo –decía mientras hacía un nudo con las culebras y frotaba la gran olla con ellas; después se hizo un corte en el pecho y dejó caer unas gotas de negra sangre en el caldero. El vapor dibujaba extrañas siluetas, y la verdad es que aquella visión era terrorífica. La bruja iba añadiendo ingredientes al caldero y, cuando el mejunje empezó a hervir a borbollones, parecía que caían sobre él las lágrimas de un cocodrilo. Sin embargo, cuando terminó de cocer, ¡el brebaje parecía agua cristalina!

–Toma –dijo la bruja, y luego cortó la lengua de la pobre sirenita, que se quedó muda y ya no podía hablar ni cantar.

–Si los pólipos intentan atraparte, cuando vuelvas por el bosque –dijo la bruja–, échales una gota del brebaje y sus brazos y dedos estallarán en mil pedazos.

Pero no fue necesario, pues los pólipos retrocedían espantados al ver la poción luminosa que brillaba en la mano de la sirenita como una estrella refulgente. Cruzó a toda prisa el bosque, el lodazal y los remolinos estridentes.

Vio de lejos el castillo de su padre; las luces del gran salón de baile estaban apagadas. Seguramente todo el mundo se había ido a dormir, pero ella no se atrevía a ir a verlos, pues ahora era muda y además iba a irse de su lado para siempre. Tenía el corazón desgarrado de dolor. Entró en el jardín, arrancó una flor de cada una de las parcelitas de sus hermanas, lanzó mil besos hacia el castillo con la mano y subió a través del oscuro mar.

El sol no había salido aún cuando vio el castillo del príncipe y subió las escaleras de la magnífica escalinata de mármol. Había una espléndida luna llena. La sirenita se bebió la pócima, que tenía un sabor áspero, y al instante sintió como si una espada de doble filo partiera en dos su delicado cuerpo. Se desmayó y se quedó inconsciente. Cuando el sol brillaba en lo alto, se despertó y notó un agudo dolor, pero delante de ella se encontraba el joven príncipe, mirándola con sus ojos color azabache, y ella tuvo que bajar la mirada; entonces vio que su cola de pez había desaparecido y que había sido sustituida por dos bonitas piernas blancas, las más graciosas que una niña pudiera tener, sólo que estaba completamente desnuda, y se cubrió como pudo con su larga melena. El príncipe le preguntó quién era y cómo había llegado hasta allí, y ella, con sus ojos azul marino, lo miraba con ternura, pero también con infinita tristeza, pues no podía hablar. El joven la cogió de la mano y la condujo al castillo. Cada paso que daba le dolía como si pisara agujas punzantes y afilados cuchillos, tal y como había predicho la bruja, pero aguantó el dolor estoicamente. Subió al castillo cogida de la mano del príncipe, ligera como una burbuja, y él quedó admirado, como todos los que la veían, por su andar grácil y ligero.

Le dieron preciosos vestidos de seda y muselina. Era sin duda la joven más hermosa del castillo, pero no podía hablar ni cantar. Un grupo de encantadoras esclavas vestidas de seda y oro cantó en presencia del príncipe y de sus padres, los reyes; una de ellas cantaba mejor que las demás, y el príncipe aplaudía entusiasmado y sonreía, y la sirenita se moría de pena, ¡porque sabía que ella podía cantar mejor aún! Pensó: «¡Ojalá supiera que he perdido mi voz para siempre sólo por estar a su lado!».

Después, las esclavas representaron graciosos y ligeros bailes al son de una música exquisita; entonces la sirenita alzó sus níveos brazos, se puso de puntillas y empezó a bailar como nunca antes nadie lo había hecho, sin apenas rozar el suelo; cada movimiento era aún más encantador que el anterior, y sus ojos llegaban más profundamente al corazón que el canto de las esclavas.

Todo el mundo se quedó maravillado, en especial el príncipe, que la llamaba su niña perdida, y ella no paraba de bailar, aunque cada giro le doliera como el corte de mil cuchillos. El príncipe dijo que se quedaría con él para siempre, y la autorizó a dormir a la entrada de su habitación, en un colchón de terciopelo.

Ordenó que le hicieran un vestido de hombre para que pudiera acompañarlo en sus paseos a caballo. Recorrieron fragantes bosques donde las ramas verdes le rozaban los hombros y donde los pájaros cantaban en el frescor de las hojas de los árboles. Escaló junto al príncipe altas montañas, y, aunque le sangraran los pies, como todo el mundo veía, ella reía y lo seguía a las cumbres, por encima de las nubes, que parecían aves volando hacia tierras lejanas.

Por la noche, cuando todos dormían en el castillo, ella bajaba la gran escalinata de mármol y se refrescaba los pies doloridos en el agua fría; y entonces se acordaba de sus seres queridos, a quienes había abandonado en el fondo del mar.

Una noche llegaron sus hermanas cogidas del brazo; entonaban un canto melancólico mientras nadaban en la superficie, y ella las saludó de lejos. La reconocieron de inmediato y le contaron lo mucho que las había hecho sufrir. Y desde entonces volvieron todas las noches a visitarla, y una noche vio incluso

a su abuela, que no salía a la superficie desde hacía muchísimos años, y también al rey del mar, con su corona sobre la cabeza; la saludaban con la mano, pero no se atrevían a acercarse a tierra tanto como las hermanas.

El cariño que el príncipe sentía por ella aumentaba día a día. La quería como se quiere a una niña buena y cariñosa, pero no mostraba intención alguna de casarse con ella y convertirla en reina; y sin embargo ella tenía que conseguir a toda costa que la hiciera su esposa, pues de lo contrario no tendría nunca un alma inmortal, y al día siguiente de la boda del príncipe se convertiría en espuma de mar.

«¿Acaso no me amas más que a un padre y a una madre?», parecían decir los ojos de la sirenita cuando, cogiéndola en sus brazos, él le daba un beso en la blanca frente.

–Sí, tú eres a quien más quiero –decía el príncipe–, pues tienes el corazón más generoso de todas las muchachas que conozco, y me demuestras más cariño que nadie, y te pareces a una joven que vi una vez, pero que seguramente no volveré a ver nunca. Estaba en un barco que naufragó; las olas me empujaron hacia la costa cerca de un templo en el que vivían varias muchachas. La más joven me encontró en la orilla y me salvó la vida. Sólo la he visto dos veces; es ella a quien yo podría amar, pero tú te pareces mucho a ella. Tú ocupas casi el mismo lugar que ella en mi corazón, pero ella pertenece al templo sagrado, y por eso mi estrella de la suerte te ha enviado a mí. ¡Nunca nos separaremos!

«¡Qué desgracia! No sabe que soy yo la que le salvó la vida», pensó la sirenita, «la que lo llevó nadando hasta el bosque donde está el templo, ya que me escondí tras la espuma con mucho cuidado para que nadie me viera. ¡Y vi a esa muchacha, a la que él quiere más que a mí!», y la sirenita suspiraba profundamente, pero sin poder llorar. «Dice que la joven pertenece al templo sagrado, y que nunca sale para mezclarse con el mundo, y que nunca volverán a encontrarse; yo estoy siempre a su lado, lo veo todos los días; ¡yo quiero cuidar de él, amarlo y dedicarle toda mi vida!»

Se corrió una voz por todo el reino: «¡Dicen que el príncipe va a casarse con la hermosa hija del rey vecino! Por eso está preparando su magnífico

barco. Parece que va a visitar las tierras del rey vecino, pero en realidad se va para conocer a su hija, y lo acompaña un importante consejo». Pero la sirenita sacudía la cabeza y se reía; ella mejor que nadie conocía las intenciones del príncipe.

—Tengo que irme —le había explicado él un día—. Tengo que conocer a la princesa, pues me lo exigen mis padres, ¡pero no tienen intención alguna de obligarme a casarme con ella! ¡No podría enamorarme de ella! No se parece en absoluto a la joven del templo a la que tú te pareces tanto; si tuviera que elegir esposa, antes me casaría contigo, ¡mi querida niña perdida y muda de expresivos ojos! —y la besó en los rojos labios, acarició su larga melena y apoyó contra el pecho la cabeza de la sirenita, que se puso a soñar con la felicidad humana y con un alma inmortal.

—¡Espero que no te dé miedo el mar, querida niña muda! —le dijo cuando estaban en el barco que debía llevarlo hasta el país vecino; y le habló de la tempestad y del mar en calma, de extraños peces del fondo de los océanos y de lo que han visto los buceadores, y ella sonreía al oírlo hablar de todas esas cosas, pues conocía el mar mejor que nadie.

Por la noche, a la luz de la luna, cuando todo el mundo dormía excepto el timonel, ella estaba sentada cerca de la borda mirando el agua transparente; entonces le pareció ver el castillo de su padre. Su anciana abuela estaba de pie en lo alto de una torre, con la corona de plata en la cabeza, y trataba de distinguir la quilla del barco a través de las fuertes corrientes. Sus hermanas subieron a la superficie y se quedaron mirándola con pena, y retorcían sus blancas manos; ella les hizo gestos para saludarlas, sonrió y quiso decirles que se encontraba bien y que era feliz, pero se le acercó el grumete y entonces ellas se ocultaron rápido bajo el agua, y a él le pareció que la mancha blanca que había visto no era otra cosa que espuma de mar.

A la mañana siguiente, el barco entró en el puerto de la magnífica ciudad donde vivía el rey vecino. Repicaron todas las campanas, se oyó el estruendo de las trompetas que retumbaban desde lo alto de los torreones, mientras los soldados guardaban filas, con las banderas flotando al viento y sus bayonetas resplandecientes. Hubo fiesta todos los días. Se sucedían bailes y recepciones, pero la princesa todavía no había aparecido; la habían mandado lejos del país, a un templo sagrado, decían, donde estaba aprendiendo todas las virtudes de una reina. Y por fin apareció.

La sirenita tenía mucha curiosidad por ver su belleza, y tuvo que reconocer que no había visto nunca una figura tan graciosa. Tenía una piel muy fina y delicada, y detrás de sus largas y oscuras pestañas sonreían dos ojos sinceros de color azul oscuro.

–¡Eres tú! –exclamó el príncipe–. ¡Tú eres la que me salvó la vida cuando yacía en la orilla como un cadáver! –y abrazó a su prometida, que se ruborizó–. ¡Oh! ¡Qué felicidad!–, dijo el príncipe a la sirenita–. No podía ocurrirme nada mejor, nunca habría esperado algo así. ¡Alégrate por mí, tú que me amas más que nadie! –y la sirenita le besó la mano y creyó que su corazón se rompía en mil pedazos. La mañana del día de la boda, ella moriría y se transformaría en espuma de mar.

Sonaban las campanas de todas las iglesias; los heraldos recorrieron las calles a caballo anunciando el noviazgo. En todos los altares se quemaba aceite perfumado en preciosas lámparas de plata. Los sacerdotes agitaban sus incensarios; los dos prometidos se cogieron las manos y recibieron la bendición del obispo. La sirenita llevaba un vestido de seda y oro y sujetaba la cola de la novia, pero sus oídos no escuchaban la música de la fiesta, sus ojos no veían la ceremonia sagrada, sino que sólo pensaba en la noche de su muerte y en todo lo que había perdido en la vida.

Esa misma noche los esposos embarcaron, tronaron los cañones y todos los estandartes flotaban al viento. En medio del barco habían colocado una preciosa tienda oro y púrpura, con cantidad de confortables cojines; ahí es donde iba a pasar la noche el matrimonio, una noche fresca y tranquila.

Las velas se inflaron al viento y el barco se deslizaba ligeramente, pero sin avanzar apenas, en el agua cristalina.

A la caída de la noche se encendieron lámparas de todos los colores, y los marineros se pusieron a bailar alegremente sobre el puente. La sirenita recordó entonces aquel día en que por primera vez subió a la superficie del mar y vio el mismo fasto y la misma alegría. Entonces se sumó al baile y en medio del tumulto voló cual golondrina; todo el mundo la aclamaba y la admiraba, pues nunca antes había bailado tan maravillosamente. Algo como cuchillos afilados le cortaba los delicados pies, pero no sentía nada; más le dolía la herida que tenía en el corazón. Sabía que era el último día que vería a aquel por el que había abandonado su hogar y su familia, por el que había ofrecido su encantadora voz y sufrido cada día infinitos dolores, sin que él se diera cuenta de nada. Aquella sería la última noche que respiraría el mismo aire que respiraba él, y que vería el profundo mar y el cielo azul y estrellado; la esperaba una noche eterna sin pensamientos ni sueños, a ella, que no tenía alma ni había podido ganarse una. En el barco todo fue felicidad y alegría hasta medianoche. Ella rió y bailó sin poder sacarse del corazón la idea de la muerte. El príncipe abrazaba a su encantadora esposa y ella jugueteaba con sus mechas negras; cogidos del brazo, se retiraron a descansar en el lujoso lecho dispuesto bajo la tienda.

En el barco todo quedó en silencio; sólo el piloto estaba de pie junto al timón. La sirenita se apoyó en la borda y se quedó un rato mirando hacia oriente, que era el lado de la aurora. Sabía que el primer rayo de sol la mataría. Entonces vio a sus hermanas salir del mar; estaban tan pálidas como ella, y sus bellas y largas melenas ya no flotaban al viento, pues se las habían cortado.

—¡Se las hemos dado a la bruja para que venga en tu ayuda e impida que mueras esta noche! Nos ha dado un cuchillo, tómalo. ¿Ves lo afilado que está? Antes de que amanezca, tienes que clavárselo al príncipe y, cuando su sangre todavía caliente te roce los pies, éstos se soldarán para formar una cola de pez y volverás a ser una sirena, y entonces podrás volver al mar con nosotras y vivirás trescientos años antes de transformarte en espuma de mar, muerta y salada. ¡Date prisa! ¡Uno de los dos, tú o él, debe morir antes de que salga el sol! Nuestra anciana abuela tiene una pena tan grande que se le ha caído el pelo blanco, igual que se han caído los nuestros por las tijeras de la bruja. ¡Mata al príncipe y vuelve con nosotras! ¡Date prisa! ¿Ves esa franja

roja en el cielo? ¡En unos minutos va a salir el sol y morirás! —y lanzaron un suspiro profundo y misterioso, y desaparecieron en las olas.

La sirenita corrió la cortina púrpura de la tienda y vio a la encantadora novia, que dormía con la cabeza apoyada sobre el pecho del príncipe. Se inclinó hacia él, lo besó en la frente, miró al cielo, donde el fulgor de la aurora era cada vez más vivo, miró el afilado cuchillo y otra vez al príncipe, que pronunciaba en sueños el nombre de su esposa. Sólo ella ocupaba su pensamiento, y el cuchillo tembló en la mano de la sirenita, pero entonces lo arrojó a las olas, que se tiñeron de rojo en el lugar donde cayó, y parecía que la superficie estuviera cubierta de sangre. Volvió a mirar al príncipe, con los ojos medio apagados, saltó al mar y sintió cómo su cuerpo se disolvía en espuma.

El sol se levantaba por el horizonte. Los rayos suaves y benefactores se posaban sobre la espuma fría como la muerte, y la sirenita no sentía la muerte; veía cómo brillaba el sol y por encima de ella había cientos de pequeñas criaturas transparentes. A través de ellas veía las velas blancas del barco y las nubes rojas del cielo; sus voces eran una melodía, y eran tan sutiles que ningún oído humano podía oírlas, ni ningún ojo verlas. No tenían alas, pero por su extrema ligereza flotaban en el aire. La sirenita vio que su cuerpo era como el de estas criaturas, y se elevaba en el aire cada vez más alto por encima de la espuma.

«¿Dónde estoy?», dijo, y su voz tenía el mismo sonido que el de las otras criaturas; era tan sutil que ninguna música humana era capaz de reproducirlo.

«Con las hijas del aire», respondieron las otras. «La sirena no tiene alma inmortal, y sólo puede conseguir una si se gana el amor de un hombre. Su vida eterna depende de un poder ajeno. Las hijas del aire tampoco tienen alma inmortal, pero pueden ganarse una a través de sus buenas obras. Volamos hacia países cálidos en los que el aire es tan pestilente que mata a los hombres; nosotras les llevamos frescor y esparcimos en la atmósfera el perfume de las flores, y traemos consuelo y salud. Tras haber hecho el bien durante trescientos años, recibimos un alma inmortal y formamos parte de la felicidad eterna de los hombres. Pobre sirenita, tú has buscado con todo tu corazón lo mismo que nosotras, has sufrido mucho y te has elevado hasta el mundo de los espíritus del aire, y ahora puedes crearte tú misma un alma inmortal haciendo cosas buenas durante trescientos años.»

Entonces la sirenita elevó sus brazos transparentes hacia el sol de Dios, y por primera vez le brotaron lágrimas de los ojos. En el barco había otra vez griteríos y bullicio, y vio que el príncipe y su esposa la estaban buscando, y miraban con pena la espuma del mar, como si adivinaran que se había tirado a las olas. En su estado invisible dio un beso a la novia en la frente, sonrió al príncipe y subió con las demás hijas del aire a una nube rosa que navegaba en la atmósfera.

«¡Dentro de trescientos años entraremos como ahora en el reino de Dios!»

«Puede que incluso antes», susurró alguien. «Sin que nos vean, entramos en las casas de los hombres en las que viven niños y, cada vez que damos con un niño bueno que alegra el corazón de sus padres y que merece todo su amor, Dios acorta nuestro período de prueba. El niño no sabe cuándo volamos por la habitación y, si la alegría que nos da nos hace sonreír, los trescientos años se acortan un año, pero, si vemos un niño malo y travieso que nos hace llorar de pena, ¡cada lágrima añade un día a nuestro tiempo de prueba!»

• • •
•

El traje nuevo del emperador

Había una vez un emperador tan aficionado a los trajes nuevos que se gastaba todo el dinero en atuendos. Cuando pasaba revista a sus soldados, cuando asistía a algún espectáculo o cuando simplemente salía de paseo, sólo le interesaba exhibir su ropa recién estrenada. Cada hora del día se cambiaba de vestimenta e igual que se dice siempre de los reyes: «Está reunido con el consejo», con él se decía: «El emperador está en su vestidor».

La capital era una ciudad bulliciosa, gracias a la gran cantidad de viajeros que la visitaban. Un día llegaron a la ciudad dos bribones que pretendían ser sastres y que aseguraban que eran capaces de confeccionar sublimes trajes con el tejido más maravilloso del mundo. No sólo los colores y el dibujo eran increíblemente bellos, sino que los vestidos confeccionados con esa tela tenían una cualidad extraordinaria: se hacían invisibles a los ojos de todos aquellos que eran incompetentes en su trabajo o que tenían una inteligencia limitada.

«Estos vestidos tienen un valor incalculable», pensó el emperador. «Gracias a ellos podré saber cuáles de mis ministros son unos incompetentes y podré distinguir a las personas inteligentes de las tontas. Decidido: necesito hacerme con esa tela.»

Entonces adelantó a los dos bribones una gran suma de dinero, para que pudieran ponerse a trabajar de inmediato en el vestido nuevo.

Los farsantes montaron dos bastidores e hicieron como que se ponían a trabajar, aunque en realidad no había absolutamente nada en las bovinas. No paraban de pedir que les suministraran fina seda y magnífico oro; pero lo que hacían era meterlo todo en un saco mientras se quedaban trabajando hasta la madrugada en sus telares vacíos.

«Necesito ver cómo avanza el trabajo», pensó el emperador. Pero sintió algo de aprensión al recordar que las personas necias o incompetentes no podían ver la tela maravillosa. No es que dudara de sí mismo, pero de todas formas consideró que era más oportuno enviar a alguien en su lugar para que examinara el trabajo. La ciudad entera había oído acerca de las maravillas de la famosa tela, y todo el mundo ardía en deseos de saber lo estúpido o lo negado que era su vecino.

El emperador pensó: «Voy a enviar a mi fiel ministro al taller de los sastres. Él es quien mejor podrá juzgar la tela, pues destaca por su sutil ingenio y por sus grandes capacidades».

El buen ministro entró en la sala donde los dos impostores trabajaban en sus telares vacíos. «¡Santo cielo! ¡No veo ningún tejido!», pensó, con cara de pasmo. Pero se cuidó bien de no decir nada a nadie.

Los dos sastres le hicieron señas para que se acercara y le preguntaron qué le parecían el dibujo y los colores, al tiempo que mostraban al ministro sus bastidores. El viejo ministro se quedó mirando los telares con atención, pero seguía sin ver nada, por la sencilla razón de que en ellos no había absolutamente nada.

«¡Cielos!», pensó. «¿Será que soy estúpido? Nadie debe enterarse. ¿O bien seré un incompetente? No me atrevo a confesar que la tela es invisible a mis ojos.»

—Bueno, ¿qué le parece? —le preguntó uno de los falsos sastres. A lo que el ministro contestó, poniéndose los anteojos:

—¡Precioso, realmente precioso! ¡Qué dibujo, y qué colores...! Sí, creo que al emperador le va a encantar.

—Nos alegramos mucho —respondieron los sastres, y le enseñaban los colores y dibujos imaginarios, indicando sus nombres y todo.

El viejo ministro prestaba mucha atención, para poder explicárselo más tarde al emperador con todo detalle.

Los timadores seguían pidiendo dinero, seda y oro, pues se requería una gran cantidad para trabajar esa tela. Por supuesto, se lo iban guardando todo en el saco; el telar seguía vacío y ellos fingían que pasaban horas y horas a su labor.

Pasado un tiempo, el emperador envió al taller a otro de sus funcionarios de confianza para que examinara la tela y viera cuánto quedaba para terminar el trabajo. A este funcionario le ocurrió lo mismo que al ministro: por mucho que miraba la tela, no lograba ver nada.

–¿No le parece una tela excepcional? –le preguntaban los dos falsos sastres, mientras también le señalaban todo tipo de detalles y le comentaban el magnífico dibujo y los hermosísimos colores que en realidad no existían.

Aquel pobre hombre pensaba: «¡Yo, sin embargo, no me considero un necio! ¿Será entonces que soy un incompetente en mi trabajo? Me parece muy raro, pero de todas formas pienso tener mucho cuidado, porque no quisiera perder mi puesto».

El funcionario se deshizo en elogios con la tela y mostró toda su admiración por la elección del dibujo y los colores.

—Es de una belleza incomparable —le contó al emperador, y toda la ciudad hablaba de la famosa tela.

Por fin el emperador se decidió a verla con sus propios ojos mientras todavía estaba en los bastidores. Seguido por una multitud de hombres de su confianza, entre los que se encontraban los dos buenos funcionarios, se presentó ante los astutos estafadores, que seguían tejiendo sin seda, sin oro y sin ninguna clase de hilo.

—¿Acaso no es extraordinaria? —exclamaron los dos fieles funcionarios—. El dibujo y los colores son dignos de Vuestra Alteza —y señalaban con el dedo el bastidor vacío, como si la tela estuviera a la vista de todo el mundo.

«¡Vaya! ¿Qué es esto? Yo no veo nada. Es horrible. ¿Será que soy un idiota? ¿O que soy un incapaz para gobernar? ¡No podía ocurrirme peor desgracia!» Y de repente exclamó:

—¡Qué hermosura! ¡Declaro ante todos mi total satisfacción! —y movía la cabeza en señal de aprobación, mirando el bastidor sin atreverse a confesar la verdad.

Todos los hombres de su séquito miraban también, unos detrás de otros, pero sin ver absolutamente nada, y todos confirmaban las palabras del emperador: «¡Absolutamente magnífica!». Incluso le aconsejaron que estrenara el traje en la primera gran procesión que hubiera. «¡Magnífica! ¡Sublime! ¡Admirable!», exclamaba todo el mundo, y la satisfacción era general.

Los dos impostores fueron condecorados y recibieron el título de caballeros sastres.

Toda la noche anterior al día de la procesión, los dos falsos sastres trabajaron y trabajaron a la luz de dieciséis velas, y todo el mundo reconocía el enorme esfuerzo que estaban haciendo. Por fin, hicieron ostentosamente como que retiraban el tejido del bastidor, cortaron la tela en el aire con unas grandes tijeras y cosieron con una aguja sin hilo; después de esto declararon que por fin el traje estaba terminado.

El emperador, seguido de sus ayudantes de campo, fue a examinar el trabajo, y los dos pillastres, con los brazos levantados como si sostuvieran en alto el traje, dijeron:

—Éste es el pantalón, y ésta la casaca, y aquí está el manto. Es tan ligero como una telaraña. No os resultará demasiado pesado, y ésta es la principal cualidad de esta tela.

—Desde luego, desde luego —respondieron los ayudantes de campo, que por supuesto no veían nada, pues no había nada que ver.

—Si Vuestra Alteza tiene a bien quitarse la ropa —le dijeron los dos truhanes—, le probaremos el traje delante del espejo.

El emperador se desvistió y los farsantes fingieron que le ponían las prendas del vestido una tras otra; incluso le sostenían el cuerpo como si quisieran ajustarle las prendas aquí y allá. Y él no hacía más que dar vueltas delante del espejo.

—¡Caray! ¡Qué bien le sienta! ¡Qué corte tan elegante! —exclamaron todos los cortesanos—. ¡Qué dibujo! ¡Qué colores! ¡Qué espléndido traje!

El gran maestro de ceremonias anunció:

—El baldaquín de Vuestra Alteza está esperando para llevaros a la procesión.

—¡Perfecto! Ya estoy listo. Creo que me sienta de maravilla —respondió el emperador, y se miró una vez más delante del espejo para contemplar su magnífico atuendo.

Los ayudas de cámara encargados de sostener la cola del manto se agacha ron para hacer como que recogían con los dedos las puntas del suelo y levantaron las manos, para que nadie se diera cuenta de que ellos tampoco veían absolutamente nada.

Mientras el emperador caminaba todo orgulloso en la procesión bajo su hermoso baldaquín, todo el mundo gritaba desde las ventanas y por las calles: «¡Qué preciosidad de traje! ¡Y qué manto majestuoso! ¡Os sienta a la perfección!».

Nadie quería confesar que no veía traje alguno, pues se pondría en evidencia a los ojos de los demás. Nunca antes los trajes del emperador habían causado tanta admiración.

—¡Pero si no lleva puesto ningún traje! —dijo de pronto un niño.

—¡Señor, escucha la voz de la inocencia! —replicó su padre.

Las palabras del niño se fueron extendiendo entre la multitud, y el murmullo corrió como la pólvora.

—¡Aquí hay un niño que dice que el emperador no lleva ningún traje puesto!

—¡No existe ningún traje! ¡No hay ningún traje! —gritaba al final todo el pueblo.

El emperador se quedó muy descolocado, pues parecía que la gente tenía razón. No obstante, recapacitó un momento y tomó una decisión:

«Pase lo que pase, ¡tengo que mantener el tipo hasta el final!»

Y siguió andando todavía más orgulloso que antes, y los ayudas de cámara siguieron sosteniendo majestuosamente la inexistente cola.

• • •
•

・ ・ ・

El soldadito de plomo

Había una vez veinticinco soldaditos de plomo, que eran hermanos, pues habían sido creados todos a partir de una vieja cuchara de plomo. Con su fusil al hombro, la mirada al frente y el uniforme azul y rojo, ¡qué aspecto más orgulloso tenían! Lo primero que oyeron en este mundo, cuando se levantó la tapa de la caja donde estaban guardados, fue el siguiente grito: «¡Soldaditos de plomo!», que había dado un niño al verlos, mientras aplaudía loco de contento. Los soldaditos eran un regalo de cumpleaños, y el niño lo pasaba en grande jugando a ponerlos en fila encima de la mesa. Todos los soldados eran idénticos, excepto uno, al que le faltaba una pierna. Había sido el último que habían echado en el molde y no quedaba suficiente plomo para acabarlo. A pesar de ello, se mantenía tan firme sobre su única pierna como sus compañeros sobre las dos. El protagonista de nuestra historia es precisamente este soldadito.

Sobre la mesa en la que estaban colocados nuestros soldados había otros muchos juguetes, y el más curioso de todos era un bonito castillo de papel. A través de sus pequeñas ventanas se veían perfectamente los salones de palacio, y por fuera había árboles pegados alrededor de un espejito que hacía de lago; en él nadaban varios cisnes de cera que se reflejaban en el cristal. Era una escena muy agradable, pero todavía más agradable era la damisela que se tenía en pie al lado de la puerta abierta del castillo. También ella era de papel; estaba vestida con un faldón de organza muy fina y vaporoso y, sobre los hombros, a modo de echarpe, llevaba una cinta azul muy fina que se abrochaba con una piedrecita brillante, tan grande como el óvalo de su cara. La damisela tenía los brazos alzados, pues era una bailarina, y una pierna levantada tan alto que el soldadito de plomo no podía verla; por eso creía que la damisela tenía, como él, una sola pierna.

«Ésta es la mujer que necesito por esposa», pensó el soldadito. «Pero es demasiado fina y delicada para mí; ella vive en un castillo y yo, en cambio, en

una simple caja, junto a mis veinticuatro compañeros, y no tengo ni un rincón que ofrecerle. Bueno, no importa, de todas formas tengo que conocerla.»

Y con estas intenciones se tumbó detrás de una tabaquera. Desde allí podía espiar a sus anchas a la elegante damisela, que se mantenía sobre una pierna sin perder nunca el equilibrio.

Por la noche, guardaron a los demás soldados en su caja y los habitantes de la casa se fueron a dormir. Entonces los juguetes pudieron ponerse a jugar; primero jugaron a la gallinita ciega, después a la guerra y, por último, organizaron un baile. Los soldados de plomo se removían nerviosos en el interior de su caja, porque ellos también querían salir a jugar, pero no había allí nadie capaz de levantar la tapa. El cascanueces se puso a dar volteretas y el lápiz dibujó mil garabatos en su pizarra. Al final, todos hicieron tanto ruido que despertaron al canario, que se puso a cantar. Los únicos que no jugaban eran el soldadito de plomo y la bailarina; ella, en eterno equilibrio sobre la punta del pie, con los brazos extendidos; y él, firme sobre su única pierna, sin dejar de espiar a la bailarina.

Cuando sonaron las campanadas de medianoche, ¡crac!, se abrió de golpe la tapa de la tabaquera, pero, en vez de tabaco, saltó de ella, con un resorte, una especie de brujo negro. Era una caja con regalo sorpresa.

—Soldadito de plomo, ¡haz el favor de dejar de mirar a la bailarina! —gritó el pequeño brujo, pero el soldado hizo como que no lo oía, y el brujo lo amenazó—: ¡Ya verás, mañana vas a saber lo que es bueno!

Al día siguiente, cuando se levantaron los niños de la casa, pusieron al soldadito en la cornisa de la ventana; de repente, no se sabe si por culpa del brujo o por una corriente de aire, salió volando desde el tercer piso y cayó de cabeza al suelo. ¡Fue una caída tremenda! Se encontró con su única pierna por los aires, con todo el peso del cuerpo apoyado en el casco y con la bayoneta clavada entre dos adoquines.

La sirvienta y el niño bajaron a buscarlo, pero no sólo no lo vieron, sino que estuvieron a punto de aplastarlo. Si el soldado hubiera gritado: «¡Cuidado!», sin duda lo habrían visto, pero pensó que gritar así no era digno del uniforme que vestía.

Empezó a llover, y las gotas comenzaron a caer cada vez con más fuerza, hasta convertirse en un verdadero diluvio. Tras la tormenta, llegaron dos niños:

—¡Mira! —dijo uno de ellos—. ¡Un soldadito de plomo! ¡Vamos a convertirlo en un marinero!

Los niños construyeron un barco con un periódico viejo, pusieron en él al soldadito y lo abandonaron a la corriente del arroyo. Los dos niños corrían al lado, dando saltos y aplaudiendo. ¡Qué olas más grandes hacía el arroyo! ¡Qué rápido arrastraba la corriente al barco! Claro, como había llovido a mares... El barquito de papel zozobraba entre las olas, pero, a pesar de aquel estruendo, el soldadito de plomo se mantenía imperturbable, con la mirada al frente y el fusil al hombro.

De repente, el barco fue arrastrado a una alcantarilla, donde todo estaba tan oscuro como dentro de la caja de soldaditos. El soldadito pensaba: «¿Dónde me llevará todo esto? Claro, ha sido el brujo el que me ha provocado tantas desgracias. Si mi querida damisela estuviera aquí, a mi lado, no me importaría nada, aunque la oscuridad fuera mil veces peor».

Pero entonces apareció una enorme rata que vivía en la alcantarilla:

—¡A ver, tú, el pasaporte! ¡Enséñame el pasaporte!

Pero el soldadito de plomo se quedó callado y agarró con fuerza su fusil. El barquito seguía la corriente, y la rata corría tras él como loca. ¡Uf! ¡Cómo le rechinaban los dientes! Y no paraba de gritar a las pajas y a las ramitas que se encontraba:

—¡Detenedlo! ¡Detenedlo! ¡No ha pagado el peaje! ¡No tiene pasaporte!

La corriente se hacía cada vez más fuerte; el soldadito veía a lo lejos la luz del día, pero al mismo tiempo oía un murmullo capaz de asustar al más valiente de los hombres. Al final de la alcantarilla había una cascada, tan peligrosa para él como para nosotros lo serían unas cataratas. Estaba tan cerca que ya nada podía impedir la caída. El barco se precipitó al vacío, y el pobre soldadito de plomo procuró mantenerse lo más rígido posible; nadie hubiera podido decir que había movido ni una sola pestaña. El barquito giró varias veces sobre sí mismo y acabó haciendo aguas: estaba a punto de naufragar. El agua llegaba ya hasta el cuello del soldadito, y la barca se hundía cada vez más. La frágil quilla de papel cedió, y el agua se tragó a nuestro hombrecito. El soldadito pensó entonces en la bailarina, a la que no volvería a ver, y le pareció oír una voz que cantaba:

¡Valiente soldado, sé fuerte!
¡Muy pronto te espera la muerte!

El papel terminó de hacerse trizas, y el soldado se ahogó. En ese mismo momento un enorme pez se lo tragó.

¡Ahora sí que la oscuridad envolvió al pobre soldadito! Todo estaba aún más negro que en la alcantarilla. ¡Y qué estrechez! Pero, sin perder ni una pizca de valor, el soldadito de plomo se tumbó a lo largo del vientre del pez, con el fusil al hombro.

El pez coleaba sin parar y hacía violentas contorsiones, pero por fin se quedó inmóvil y pareció que lo atravesaba un rayo de luz. De repente, irrumpió la luz del día y alguien gritó: «¡Un soldadito de plomo!». El pez había sido pescado, vendido en el mercado y trasladado a una cocina, y la cocinera lo había abierto con un cuchillo. Con dos dedos, cogió al soldadito de plomo por la cintura y lo llevó a la habitación; todo el mundo quería admirar a este hombre extraordinario que había viajado en el vientre de un pez. El soldadito, sin embargo, no estaba muy orgulloso de su hazaña, pero, cuando lo pusieron encima de la mesa, ocurrió una de esas maravillosas casualidades que a veces pasan en la vida: ¡nuestro valiente soldadito se hallaba en la misma habitación de la que había salido volando! Los reconoció a todos: allí estaban los mismos niños y los mismos juguetes, y el castillo con la encantadora bailarina, con la pierna eternamente levantada, qué valiente era ella también. El soldadito de plomo estaba tan conmovido que habría querido estallar en lágrimas de plomo, pero no le pareció una actitud digna de un soldado. La miró, y ella también lo miró a él, pero sin decirse una palabra.

De repente, sin más explicaciones, un niño cogió al soldadito y lo arrojó a la chimenea. Sin duda, aquello era obra del brujo de la tabaquera.

El soldadito de plomo se quedó de pie en medio de las llamas, iluminado por el fuego vivo; tenía un calor sofocante. Le habían desaparecido los colores, y nadie hubiera podido decir si era por culpa del viaje o por su inmensa tristeza. Seguía mirando a la damisela, y ella tampoco apartaba los ojos de él. El soldadito estaba derritiéndose, pero, tan valiente como siempre, no dejaba de sujetar el fusil al hombro. De repente, se abrió la puerta y la corriente de aire arrastró a la bailarina, que, cual sílfide, voló hacia el fuego y fue a parar al lado del soldadito, hasta desaparecer envuelta en llamas. El soldadito de plomo, por su parte, se había convertido en una masa de metal.

Al día siguiente, cuando la sirvienta fue a recoger las cenizas, encontró entre ellas un objeto con la forma de un corazón de plomo; y de la bailarina lo único que quedaba era una pajita que el fuego había ennegrecido.

· · ·
·

El ruiseñor

En China, como seguramente sabréis, el emperador es chino, y todos los que lo rodean también lo son. Hace muchos años –escuchad bien mi historia, antes de que quede sumida en el olvido–, el castillo del emperador era el más fastuoso del mundo. Estaba construido de una porcelana tan frágil y delicada que había que tener un cuidado extremo al tocar cualquier objeto. El jardín albergaba las flores más maravillosas del mundo, y de las más hermosas colgaban campanillas de plata que se ponían a tintinear cada vez que alguien se acercaba, para que no pasara de largo sin admirarlas. Sí, todo lo que había en el jardín del emperador estaba tan bien dispuesto, y el jardín era tan, tan extenso, que el propio jardinero no había llegado nunca a las lindes. Si uno se adentraba en él, llegaba a un magnífico bosque lleno de árboles altísimos y de lagos que se dibujaban aquí y allá; el bosque llegaba hasta el mar, que incluso en la orilla era de un azul muy vivo y muy profundo. Los barcos de gran tamaño podían atracar casi bajo las ramas de los árboles. Un ruiseñor había construido su nido en una de las ramas que colgaban sobre las olas del mar, y su canto era una delicia para los pobres pescadores, que, aunque andaban siempre preocupados por sus problemas, por las noches, en vez de retirar las redes, paraban la faena para deleitarse con él.

«¡Qué delicia!», exclamaban, pero enseguida tenían que volver a su trabajo y dejar de escuchar el canto de la avecilla. A la noche siguiente, sin embargo, volvían a pararse y a admirar al ruiseñor, y repetían: «¡Qué delicia!».

De todos los países del mundo, los viajeros siempre elegían visitar la ciudad del emperador. Todos se quedaban maravillados, tanto del castillo como de su jardín. Pero, cuando escuchaban cantar al ruiseñor, exclamaban sin excepción: «¡Esto sí que es prodigioso!».

Los visitantes, al volver a sus tierras, describían todas estas maravillas, y los sabios escribieron infinidad de libros acerca de la ciudad, de su castillo y su jardín, sin olvidar al ruiseñor, que era en realidad el que se llevaba los mayores elogios; los que sabían componer versos escribieron inspirados poemas en honor del ruiseñor del bosque que cantaba cerca del lago.

Pronto estos libros se difundieron por el mundo, y algunos de ellos llegaron hasta el emperador. Los leía sentado en su silla de oro y asentía con la cabeza, encantado con las espléndidas descripciones del castillo, la ciudad y el jardín. Pero, según afirmaban los libros, ¡el ruiseñor era, sin lugar a dudas, el mayor prodigio de todos!

—¿Un ruiseñor? —decía el emperador—. ¿Cómo que un ruiseñor? Yo no conozco a ningún ruiseñor. ¿Será posible que haya uno en mi imperio, y precisamente en mi jardín? ¡Y que tenga yo que enterarme a través de unos libros!

Entonces llamó a su consejero imperial. Éste era un personaje tan arrogante que, cada vez que un inferior osaba dirigirle la palabra, lo único que se dignaba responder era: «¡Bah!», lo cual no quería decir gran cosa.

—Según parece, hay por aquí un curioso pájaro que todos conocen como el ruiseñor —le dijo el emperador—. Dicen que es el mayor prodigio de todo mi imperio. ¿Por qué no se me ha informado antes de su existencia?

—Nunca he oído hablar de él —contestó el consejero imperial—. Probablemente no ha sido presentado en la corte.

—Quiero que venga esta misma noche a palacio y que cante para mí. Ahora resulta que todo el mundo conoce mis tesoros menos yo.

—Nunca he oído hablar de él —se disculpó el consejero imperial—, pero mandaré que lo busquen y lo traigan.

Pero ¿por dónde empieza uno a buscar un ruiseñor? El consejero imperial subió y bajó todas las escaleras posibles, cruzó mil pasillos y salones e interrogó a todos los que encontraba en su camino, pero nadie había oído hablar del ruiseñor. Así que volvió ante el emperador y trató de persuadirlo diciendo que probablemente lo que recogían esos libros fuera una leyenda.

—Vuestra Alteza Imperial no puede imaginarse las cosas que se dedican a escribir algunos. No son más que fantasías y cuentos de brujería.

—Pero el libro en el que yo he leído acerca del ruiseñor me lo ha enviado el poderoso emperador de Japón; por lo tanto no puede contar mentiras —insistió el emperador—. Que se presente aquí esta misma tarde; es una orden. Le concederé mi protección imperial y, si no viene, haré que todos los cortesanos sean pateados en la tripa después de cenar.

—¡Tsing-pe! —dijo el consejero. Y volvió a subir y bajar escaleras y a cruzar mil pasillos y salones; y la mitad de los cortesanos iban detrás de él, pues no tenían ninguna gana de que les patearan la tripa. ¡Todo el mundo parecía conocer al famoso ruiseñor, excepto los hombres de la corte!

Por fin, en la cocina, dieron con una pobre niña que les dijo:

—¡Dios mío! ¡Claro que conozco al ruiseñor! ¡Canta tan bien! Me han dado permiso para venir todas las tardes a coger sobras de comida y llevárselas a mi madre, que está enferma; vive cerca de la playa y, cuando voy, hago un alto en el bosque y escucho cantar al ruiseñor. Se me llenan los ojos de lágrimas; su canto es tan agradable como los besos de mi madre.

—Pequeña cocinera —dijo el consejero imperial—, te ofrezco un puesto fijo en la cocina y el permiso de ver comer al emperador si nos llevas hasta el ruiseñor, pues Su Alteza Imperial lo ha convocado hoy a la cena de palacio.

Entonces todos se fueron al bosque donde solía cantar el ruiseñor. A mitad de camino se oyó el mugido de una vaca.

—¡Oh! ¡Menudo vozarrón para un pájaro tan pequeño! Juraría que ya he oído antes esta voz —exclamó el consejero imperial.

—No, señor, eso son las vacas que mugen –dijo la joven cocinera–. Todavía queda un buen trecho.

Entonces se oyó el croar de unas ranas.

—¡Por Dios! ¡Qué belleza! –dijo uno de los cortesanos del séquito–. ¡Ya lo oigo! Es tan armonioso como las campanillas de los templos.

—No es el ruiseñor; lo que estamos oyendo son las ranas de la charca –dijo la pequeña cocinera–, pero me parece que ya falta poco –y de repente la niña exclamó– ¡Es él! ¡Escuchadlo! ¡Ahí está! –y con el dedo señalaba a un pajarito gris posado en lo alto del árbol.

—¿Será posible? Nunca lo habría imaginado así. ¡Parece un pájaro cualquiera! Habrá perdido sus colores al verse rodeado de tantos personajes importantes –dijo el consejero imperial.

—¡Pequeño ruiseñor! –le gritó la niña–, nuestro emperador desea que cantes ante él.

—Con mucho gusto –contestó el ruiseñor. Y entonó sus bellos trinos, que te transportaban al paraíso. El consejero imperial se quedó maravillado:

—¡Suena como una armónica! Y mirad cómo vibra su pequeña gargantita. Desde luego, es curioso que nunca lo hayamos oído hasta ahora. Va a causar sensación en la corte.

—¿Volveré a cantar alguna vez ante el emperador? –preguntó el ruiseñor, que había creído que Su Alteza Imperial estaba entre el cortejo.

—Mi querido ruiseñor –contestó el consejero imperial–, tengo el gran honor de invitarte esta noche a la fiesta de palacio, en la que podrás deleitar a Su Alteza Imperial con tu exquisito canto.

—En el corazón del bosque suena mucho mejor que en ningún otro lugar. Pero asistiré encantado, ya que es deseo del emperador.

En palacio se habían hecho unos preparativos fastuosos. Los muros y los suelos de porcelana brillaban como luceros con el reflejo de cien mil lámparas de oro; las flores más resplandecientes, con sus hermosas campanillas,

decoraban las galerías de palacio. Con todo aquel trajín se levantó una doble corriente de aire que hizo temblar a todas las campanillas, y un bullicio ensordecedor lo envolvía todo.

En medio del gran salón donde estaba el emperador se había dispuesto una barrita de oro para el ruiseñor. Estaba presente toda la corte de palacio, y la pequeña cocinera había recibido autorización para mirar por la rendija de la puerta, pues le habían otorgado el título de cocinera imperial. Todo el mundo lucía sus mejores galas y tenía los ojos puestos en la avecilla gris; el emperador le hizo una seña para que comenzara a cantar.

El ruiseñor cantaba tan deliciosamente que al emperador le corrían las lágrimas por las mejillas. Sí, las lágrimas bañaban las mejillas del emperador, y el ruiseñor cantaba cada vez más maravillosamente. Su trino llegaba hasta el fondo del corazón. El emperador estaba tan complacido que quiso regalar al ruiseñor su babucha de oro para que la llevara colgada, pero el ruiseñor se negó amablemente y dijo que ya había sido recompensado con creces.

—He visto las lágrimas en las mejillas del emperador —dijo—, y ése es para mí el mayor de los tesoros. Dios sabe que he quedado más que recompensado —y de nuevo se puso a cantar aquella melodía tan dulce y tierna.

—¡Qué cumplido más encantador! —dijeron las damas de la corte, y para imitar al ruiseñor se pusieron a hacer gárgaras con agua cada vez que alguien les dirigía la palabra. Los lacayos y ayudas de cámara se mostraron también entusiasmados, lo cual no es nada desdeñable, pues este tipo de personas es el más difícil de contentar.

En resumidas cuentas, el ruiseñor había causado gran sensación.

Desde aquel día se vio obligado a vivir en palacio. Pusieron una jaula a su disposición y le dieron permiso para salir dos veces de día y una por la noche. En sus salidas lo acompañaban doce criados; estaba atado a cada uno de ellos por un hilo de seda anudado a la patita y tenía que tener mucho cuidado de que los hilos no se soltaran. La verdad, no podía decirse que aquellos paseos fueran muy agradables.

La ciudad entera hablaba del celebérrimo pájaro; era el tema principal de todo el mundo. Cuando dos personas se saludaban, una decía: «Rui...», y la otra terminaba el saludo diciendo: «... señor». Tanto lo quería el pueblo, que once hijos de carniceros fueron bautizados Ruiseñor en su honor, aunque eran incapaces de emitir con gracia una sola nota musical.

Un día, hicieron llegar al emperador un paquete en el que ponía: «El ruiseñor».

—Seguramente será otro libro sobre nuestro famoso ruiseñor —dijo.

Pero en vez de un libro había en el paquete un pequeño objeto mecánico guardado en una caja. Era un ruiseñor mecánico que imitaba al ruiseñor de carne y hueso; estaba todo recubierto de diamantes, rubíes y zafiros.

Cuando hubieron montado el mecanismo, aquel artefacto se puso a cantar una de las melodías del verdadero ruiseñor, al tiempo que movía la cola, en la que brillaban el oro y la plata de los que estaba hecha. Alrededor del cuello llevaba una cinta con la siguiente inscripción: «El ruiseñor del emperador de Japón es muy pobre en comparación con el del emperador chino».

—¡Qué maravilla! —exclamaron todos los cortesanos. Y el que había traído el pájaro artificial recibió el título de gran portador de ruiseñores de Su Alteza Imperial.

—Que los pongan a cantar juntos; harán un dúo fantástico —ordenó el emperador.

Los pusieron juntos, pero el dúo no funcionaba en absoluto, pues el verdadero ruiseñor cantaba siguiendo su propia inspiración, mientras que el otro respondía a resortes mecánicos.

—No es culpa de éste —afirmó el jefe de la orquesta imperial señalando al pájaro mecánico—, puesto que canta marcando el compás a la perfección; parece que hubiera sido formado en mi escuela.

Entonces lo hicieron cantar a él solo: tuvo un éxito tan rotundo como el ruiseñor de verdad, y a todo el mundo le parecía mucho más bonito, pues brillaba como las pulseras y los broches de las damas de la corte.

Cantó hasta treinta y tres veces la misma melodía sin mostrar el menor signo de cansancio. La audiencia pedía que volviera a cantar una y otra vez, pero el emperador pensó que le tocaba el turno al ruiseñor de verdad. Pero... ¿dónde se había metido? Nadie se había dado cuenta de que había salido volando por la ventana hacia su verde bosque.

—¿Qué ha pasado? —preguntó el emperador, y todos los cortesanos murmuraban indignados y acusaban al ruiseñor de ser un ingrato.

—Menos mal que nos hemos quedado con el mejor de los dos —dijeron todos, y se consolaban escuchando al ruiseñor artificial, que entonó la misma melodía por la trigésima cuarta vez. Sin embargo, no se la sabían todavía de memoria, porque era una melodía muy difícil.

El jefe de orquesta no tenía palabras para alabar el canto de aquel pájaro. Según él, superaba con mucho al verdadero ruiseñor, no sólo por estar revestido de oro y piedras preciosas, sino también por su maquinaria interior.

—Pues, en efecto, vuestras señorías y Vuestra Alteza Imperial: con el verdadero ruiseñor todo es imprevisible, y es imposible calcular con certeza las notas que va a seguir; en cambio, en el ruiseñor artificial todo está predeterminado. Todo en él tiene una explicación lógica; podemos abrirlo y exhibir sus engranajes, y comprender el funcionamiento de la maquinaria.

—Somos de la misma opinión —dijeron todos al unísono. Y el jefe de la

orquesta imperial obtuvo la autorización para mostrar el pájaro mecánico al pueblo el domingo siguiente.

El emperador ordenó además que el pájaro cantara para el pueblo, y todos los que pudieron escucharlo quedaron tan extasiados que parecía que se hubieran embriagado con té, lo cual es una costumbre completamente china, y todos exclamaron al unísono: «¡Oh!», y todos subían y bajaban las manos con el índice extendido y meneaban la cabeza al estilo chino.

Pero los pobres pescadores que habían escuchado al verdadero ruiseñor dijeron:

—No está mal, las melodías se parecen, pero a éste le falta algo...

El auténtico ruiseñor fue expulsado de la ciudad y del imperio.

El pájaro artificial se ganó un sitio privilegiado en un cojín de seda junto al lecho del emperador. Todo el oro y las joyas que había recibido como regalo estaban esparcidos a su alrededor. Le habían otorgado, además, el título de gran cantor imperial del postre del emperador, que pertenecía a la categoría uno del lado izquierdo en la jerarquía oficial de funcionarios de la corte, pues, en efecto, el emperador consideraba este lado el más importante, ya que era donde estaba el corazón (como seguramente sabréis, incluso un emperador tiene el corazón situado en el lado izquierdo).

El jefe de orquesta imperial compuso una obra de veinticinco tomos dedicada al pájaro mecánico: era un libro tan extenso y erudito, y tan repleto de palabras chinas imposibles, que todos presumían de haberlo leído y haberlo entendido, pues de lo contrario ellos mismos se habrían relegado al rango de los necios y se habrían expuesto a que les pisotearan la tripa.

Y ésa fue la situación durante un año entero. El emperador, la corte y el pueblo se acabaron aprendiendo de memoria hasta el más pequeño gorgorito del pájaro artificial. Precisamente por eso lo disfrutaban aún más, pues podían acompañar la melodía con sus propias voces, e incluso cantarla ellos solos. Los niños de las calles entonaban: ¡ti-ti-ti-glu, gluk-gluk!, y hasta el emperador hacía coro. ¡Deberíais haber visto lo hermoso que era aquello!

Pero una noche estaba el pájaro mecánico cantando con su nítida voz, y el emperador se deleitaba tumbado en su cama, cuando, de repente, se oyó en el interior de la maquinaria un ¡crac!, y luego ¡brrrrup-up-up-up!; todas las ruedas perdieron el control y la música se paró en seco.

El emperador saltó de la cama y ordenó que viniera su médico personal, pero no pudo hacer nada. Llamó entonces a un relojero, que, tras un detallado examen y largos discursos, consiguió reparar el pájaro, pero recomendó que fuera tratado con sumo cuidado, pues los ejes estaban muy desgastados y era imposible sustituirlos por otros nuevos. ¡Qué desolación! Ya sólo se podría poner en marcha el pájaro artificial una vez al año, ¡e incluso eso era muy arriesgado! Pero en cada sesión solemne el jefe de la orquesta hacía un breve discurso repleto de palabras ininteligibles, con las que afirmaba que el canto del ruiseñor era más perfecto que nunca y, efectivamente, tras semejante afirmación, su canto parecía más perfecto que nunca.

Así pasaron cinco años, al cabo de los cuales el país se sumió en un profundo duelo. Los chinos querían mucho a su emperador, pero éste cayó gravemente enfermo; se decía que estaba a punto de morir. Ya se había elegido a su sucesor, y el pueblo se había aglomerado en la plaza de la ciudad. Todos preguntaban al consejero imperial por el estado del viejo emperador.

—¡Bah! —era todo lo que recibían por respuesta.

El emperador yacía, lívido y frío, en su lujoso lecho imperial. Los cortesanos creían que había muerto, y todos acudían a saludar al nuevo emperador.

Los criados de palacio hicieron correr la noticia por todas partes, y las camareras habían aprovechado la ocasión para ofrecer un té. Por todas partes, en los pasillos y en los salones, se habían dispuesto alfombras en el suelo para ahogar el ruido de los pasos. ¡Qué triste y silencioso estaba el palacio! Pero el emperador no había muerto. Sólo yacía pálido y frío en su magnífico lecho provisto de cortinas de terciopelo sujetas con alzapaños de oro. A través de la ventana, se proyectaba la luz de la luna sobre el emperador y sobre su protegido, el pájaro mecánico.

El pobre emperador respiraba con dificultad; se sentía muy agobiado, como si tuviera una persona sentada sobre su pecho. Abrió los ojos y vio que era la Muerte, que se había puesto en la cabeza su corona de oro y agarraba en una mano el sable imperial y en la otra la magnífica bandera del imperio. Alrededor de ellos, entre los pliegues de las formidables cortinas de terciopelo, vio unas extrañas cabezas, algunas de las cuales eran espantosas y otras, apacibles y sonrientes. Eran las buenas y las malas acciones que había realizado el emperador a lo largo de su vida, que se le aparecían ahora para presenciar sus últimos momentos.

—¿Te acuerdas de esto? ¿Y de esto otro? —le iban susurrando aquellas presencias, y pasaban a su lado una detrás de otra. Le recordaron tantas cosas que el pobre emperador sudaba sin parar e imploraba:

—¡Yo nunca he sido consciente de esas cosas! ¡Música! ¡Música! ¡Que traigan el gran tamtan chino para que se callen las voces!

Pero los rostros seguían hablando sin parar, y la Muerte meneaba la cabeza a lo chino, confirmando todo lo que decían.

—¡Música, música! —repetía sin cesar el emperador—. Tú, pajarito de oro, ¡canta, por favor! Te he dado montones de oro y diamantes. Hasta te regalé

mi babucha de oro para que te hicieras con ella un colgante. ¿Quieres cantar de una vez?

Pero el pájaro seguía mudo. No había en la habitación nadie para darle cuerda, y sin esta ayuda no tenía voz. La Muerte miraba al emperador con las órbitas huecas que tenía por ojos. Y el silencio se hacía terriblemente eterno.

Entonces, de pronto, se oyó un delicioso canto procedente de la ventana: era el pequeño ruiseñor del bosque, que cantaba posado en una rama; se había enterado de la enfermedad del emperador y venía a traerle consuelo con su canto y a infundirle ánimos. Gracias al encanto de sus trinos, los fantasmas se fueron desvaneciendo, y la sangre del emperador empezó a circular cada vez con más vida por sus miembros debilitados. Hasta la Muerte escuchaba la melodía.

—Continúa, por favor, pequeño ruiseñor —dijo ésta.

—Sí —contestó el ruiseñor—, pero sólo si me devuelves el hermoso sable de oro, el lujoso estandarte imperial y la corona del emperador.

Y la muerte le fue devolviendo cada uno de esos tesoros a cambio de una canción del ruiseñor, y el ruiseñor cantaba sin parar, acerca del apacible cementerio donde crecían rosales blancos, donde el tilo desprendía su agradable aroma, donde la hierba fresca es regada por las lágrimas de los supervivientes.

La Muerte sintió entonces nostalgia de su jardín y se marchó por la ventana, flotando como una niebla blanca y fría.

—¡Gracias, gracias! —exclamó el emperador—. Gracias, pajarito celestial. Te recuerdo bien. Yo te expulsé de mi ciudad y de mi imperio, y sin embargo tú has logrado espantar esos malvados rostros que asaltaban mi cama; has alejado a la Muerte de mi corazón. ¿Cómo podré recompensarte?

—Ya he recibido mi recompensa —contestó el ruiseñor—. La primera vez que canté para ti arranqué lágrimas de tus ojos. Nunca lo olvidaré, pues son para un cantor como diamantes que le alegran el corazón. Pero ahora debes dormir para recuperar fuerzas; yo seguiré cantando. Y, mientras cantaba, el emperador concilió el sueño, un sueño dulce y reparador.

El sol brillaba a través de la ventana cuando el emperador se despertó, ya sano y vigoroso. No había vuelto a la habitación ninguno de sus sirvientes, pues todos creían que había muerto. Sólo el ruiseñor se mantuvo fiel en su sitio.

—Te quedarás para siempre a mi lado —dijo el emperador—; cantarás cuando te apetezca y, en cuanto al pájaro artificial, lo romperé en mil pedazos.

—No hagas eso —suplicó el ruiseñor—. Ha hecho mucho bien durante todo el tiempo que ha podido; consérvalo siempre. En cuanto a mí, yo no puedo construir un nido aquí ni vivir en palacio; permite que venga a visitarte cuando encuentre un momento. Por la tarde, cantaré posado en una rama cerca de tu ventana para alegrarte y para inspirarte en tus reflexiones; te cantaré acerca de aquellos que son felices y de aquellos que sufren, y acerca del bien y del mal, y de un montón de cosas que no conoces, porque tu pequeña avecilla vuela por todas partes, y llega hasta la cabaña del pobre pescador, y la del campesino, que viven tan lejos de ti y de tu corte. A mí me gusta más tu corazón que tu corona, aunque es verdad que la corona desprende un olor santo y sagrado. Vendré y cantaré para ti, pero debes prometerme una cosa.

—¡Lo que quieras! —prometió el emperador, que se había vestido con su traje imperial y apretaba contra su pecho el sable dorado.

—Sólo una cosa: que no le digas a nadie que tienes un pajarito que te lo cuenta todo. Será mucho mejor para ti —y el ruiseñor se fue volando.

Unos segundos después entraron en la habitación imperial los cortesanos y los criados para dar su último adiós a su difunto emperador. Y... cuál no sería su estupor cuando oyeron que el emperador les decía tan contento: «¡Buenos días!»

• • •
•

• • •

El patito feo

¡Qué maravilloso día de verano! El campo se mostraba en todo su esplendor; el trigo estaba amarillo, la avena verde, y en los prados se veía el heno recogido en fardos. La cigüeña se paseaba sobre sus largos zancos rojos mascullando palabras en egipcio, que era la lengua que había aprendido de su madre. Los campos y las praderas estaban rodeados de frondosos bosques, en medio de los cuales había profundos lagos. ¡Sí, un tiempo realmente maravilloso! Un viejo castillo descansaba a pleno sol, rodeado de hondos canales, y entre el muro y el agua se extendían enormes hojas de sombrereras, tan altas que debajo de las más grandes cabía perfectamente un niño de pie. La vegetación era casi tan salvaje como en las selvas más tupidas.

En medio de aquel paisaje estaba una pata en su nido; se dedicaba a incubar los huevos para que salieran los patitos, pero empezaba a estar un poco harta, porque los patitos tardaban mucho en nacer y hacía tiempo que casi no venía nadie a visitarla. Los otros patos preferían quedarse nadando en los canales a estar bajo una hoja de sombrerera para charlar con ella.

Hasta que un día, por fin, los huevos se rompieron. Las yemas de huevo habían cobrado vida y ahora asomaban la cabecita entre las cáscaras, haciendo «pío, pío».

«Cua, cua», decía la pata, y los patitos acudían a su lado a todo correr.

Curioseaban por todas partes entre las hojas verdes, y su madre los dejaba mirar todo lo que quisieran, pues el verde es muy bueno para la vista.

–¡Qué grande es el mundo! –dijeron todos los patitos, pues ahora tenían, por supuesto, mucho más sitio que cuando estaban en el huevo. Entonces la pata les contestaba:

–¿Acaso creéis que esto es el mundo entero? ¡Qué va! Va mucho más allá del jardín, hasta la finca del cura, pero yo nunca he llegado hasta allí. ¿Estáis todos? –dijo levantándose–. ¡No están todos! Falta el huevo grande. Pero bueno, ¿cuándo demonios se decidirá a romperse? ¡Ya estoy harta! –dijo, y se puso a incubar otra vez.

–Bueno, ¿qué tal? –preguntó una vieja gansa que había ido a visitarla.

–Uno de mis huevos está tardando mucho –respondió la pata mientras seguía incubando–. ¡No quiere romperse ni a tiros! Pero los otros, míralos: ¡son los patitos más monos que he visto en mi vida! Se parecen todos a su padre, ¡el muy granuja!, que ya no viene ni a visitarme.

–Enséñame el huevo que no quiere romperse –dijo la vieja gansa–. ¡Es un huevo de pava, te lo digo yo! A mí ya me la dieron una vez, como a ti, y tuve muchísimos problemas con aquellas criaturas. ¡Fíjate que les espanta el agua! Imposible hacer que se bañaran. Todos los sermones y las regañinas del mundo no sirvieron absolutamente de nada. A ver, déjamelo ver. ¡Lo sabía, es un huevo de pava! ¡Yo que tú me olvidaría de él y enseñaría a los otros a nadar!

–¡Bueno, aun así, voy a seguir incubándolo un poco más! –dijo la pata–. He esperado tanto que, la verdad, por un poco más...

–Tú verás –contestó la vieja pata, y se fue.

Y por fin se rompió el huevo. «Pío, pío», dijo el pollito mientras salía. ¡Qué grande y feo era! La pata lo miró y dijo:

–¡Vaya un patito más grande! No se parece a ninguno de los otros. Pero tampoco parece un pavo, ¿no? Bueno, enseguida lo veremos. A éste lo meto yo en el agua, ¡aunque sea a empujones!

Al día siguiente hacía un tiempo buenísimo; el sol brillaba sobre las hojas de las sombrereras. La mamá pata se llevó a toda la familia al canal. Saltó al agua, ¡plof! y, cuando dijo: «Cua, cua», los patitos se tiraron al agua en fila india. Al principio se hundieron, pero enseguida sacaron la cabeza y se pusieron a nadar de maravilla. Las patitas se movían solas, y allí estaban todos, incluso el patito grande y feo.

–¡No, no es un pavo! –exclamó. ¡Mira qué bien mueve las patitas y qué bien se sostiene! ¡Es hijo mío, de eso no hay duda! Y, si te fijas bien, es hasta guapo. ¡Cua, cua! Venid todos conmigo, os voy a enseñar el mundo y os voy a presentar el corral, pero no os alejéis de mí; que nadie os pise, ¡y cuidado con los gatos!

Y entró la prole en el corral. Había un jaleo espantoso, pues dos familias se estaban peleando por una cabeza de anguila, que al final se acabó llevando el gato.

–¡Así funciona el mundo! –dijo la pata relamiéndose el pico, pues a ella también le habría gustado conseguir la cabeza de anguila–. Venga, moved las patitas y daos prisa, vamos a hacer una reverencia a la vieja pata, la que veis allí. ¡Es la más distinguida del corral! Tiene sangre española; por eso está tan rolliza. Y fijaos bien en la cinta roja que lleva atada en la pata: es un símbolo de belleza máxima y es la mayor distinción que se puede otorgar a un pato. Significa que en la granja no quieren desprenderse de ella, y le ponen la cinta para que todos, personas y animales, la reconozcan. ¡Venga, deprisa! No metáis las patas hacia dentro: los patitos bien educados separan los pies, como hacen sus padres. ¡Fijaos en mí! Y ahora, doblad el cuello y decid: «cua».

Y eso hicieron. Pero los otros patos del corral, mirándolos, decían en voz alta:

–¡Vaya, hombre! Lo que nos faltaba. Toda la retahíla de patitos, como si fuéramos pocos. ¡Uy! ¡Y qué feo es aquél! ¡Que se vaya de aquí! –entonces uno de los patos se acercó volando al patito y le mordió el cuello.

–¡Dejadlo en paz! –dijo la madre–, ¡no ha hecho nada a nadie!

–No ha hecho nada, pero es demasiado grande y feo –contestó el pato que lo había mordido–, y por eso merece que nos metamos con él.

–Qué hijos tan guapos tiene, señora pata –dijo la vieja pata que lucía la cinta roja. Bueno, todos menos aquél. ¡La verdad es que le ha salido muy feo! ¡Ojalá pudiera volver al huevo y quedarse allí!

–¡Eso es imposible, señoría! –contestó la mamá pata–. Puede que no sea guapo, pero tiene un corazón generoso, y nada igual de bien que los otros, si no mejor, diría yo. Creo que cuando crezca será guapo y que con el tiempo su tamaño se irá normalizando. Se quedó demasiado tiempo en el huevo y por eso no se parece a los otros –decía la madre mientras le limpiaba el cuello con el pico y le alisaba las plumas–. Además, ¡qué importa!, es un macho. Se hará muy fuerte y conseguirá seguir su propio camino.

–Los otros patitos son muy graciosos –dijo la vieja pata–. Sed todos bienvenidos, estáis en vuestra casa; y, por favor, si encontráis una cabeza de anguila, traédmela.

Y ellos procuraron sentirse como en casa.

Pero el pobre patito, el que había salido el último del huevo y que era tan feo, recibió mordiscos, empujones y toda clase de improperios, no sólo de los patos, sino también de las gallinas. «¡Qué grandote es!», decía todo el mundo; y el pavo, que por haber nacido con espolones se creía que era el rey del corral, se hinchó como un barco velero al viento y fue derecho a él haciendo «gluglú» y con la cara toda congestionada. El pobre patito no sabía dónde meterse. Bastante sufría ya por ser tan feo y por ser el hazmerreír de todo el corral.

Y eso es lo que vivió en su primer día. A partir de ahí, las cosas fueron de mal en peor. Todo el mundo le dio la espalda, y hasta sus propios hermanos eran crueles con él.

—¡A ver si te caza el gato de una vez, bicho inmundo! —no paraban de decirle.

—¡Ojalá estuvieras lejos de aquí! —le decía su madre.

Los patos no paraban de darle mordiscos, las gallinas lo acribillaban a picotazos y la sirvienta que venía a dar de comer a los animales lo echaba a patadas de su lado.

Entonces el patito, tomando impulso, huyó volando por encima del seto. Los pájaros de los matorrales se asustaron y salieron despavoridos. «Se van porque soy feo», pensó el patito cerrando los ojos. Pero siguió corriendo, hasta que llegó al pantano en el que vivían los patos salvajes. Estaba agotado y muy triste, y pasó allí toda la noche.

Por la mañana, cuando alzaron el vuelo, los patos salvajes vieron a su nuevo compañero.

—¿Y tú de dónde sales? —le preguntaron; el patito miró hacia los lados para comprobar que era a él a quien se dirigían y, como pudo, les dirigió un saludo—. ¡Eres espantosamente feo! —exclamaron los patos salvajes, pero no nos importa, ¡mientras no te cases con nadie de nuestra familia!

¡Pobrecito! Cómo iba siquiera a pensar en casarse, si lo único que pedía era que lo dejaran descansar tranquilamente entre los juncos y beber un poco de agua del pantano.

Y así pasó dos días, al cabo de los cuales llegaron dos ocas salvajes, o más bien dos gansos salvajes, pues eran dos machos. Habían salido del huevo hacía poco y por eso eran unos descarados.

–¡Oye, compañero! –le dijeron–. Eres tan feo que hasta nos caes bien. ¿Quieres venir con nosotros y ser un ave migratoria? Aquí al lado, en el pantano vecino, viven unas ocas salvajes estupendas, todas solteras, y saben decir «cua». Como eres tan feo, ¡seguro que alguna cae rendida a tus pies!

De pronto se oyó «¡pum, pum!»; los dos patos se desplomaron muertos en el cañaveral y el agua se tiñó de sangre. De nuevo se oyó «¡pum, pum!», y bandadas de gansos salvajes salieron espantadas de los juncos, y luego volvieron a sonar otros dos disparos. Era una cacería; había cazadores apostados por todo el pantano. Algunos incluso se habían camuflado entre las ramas de los árboles que se adentraban en el pantano por encima de los juncos. El humo azulado de los disparos se dispersaba como una nube entre las ramas y llegaba hasta el agua; los perros de caza husmeaban en el fango, «¡chop, chop!»; juncos y cañas se inclinaban hacia todos lados. Qué susto para el pobre patito; escondió la cabeza bajo el ala, pero en ese momento vio ante él un feroz perrazo que jadeaba con la lengua fuera y que tenía en sus ojos un brillo cruel. Acercó el hocico al patito, enseñó los afilados colmillos y... «¡chop, chop!» se fue sin siquiera tocarlo.

«¡Gracias, Dios mío!», suspiró el patito. «¡Soy tan feo que ni el perro ha querido morderme!» Se quedó inmóvil mientras las balas pasaban silbando a través de los juncos, y no paraban de sonar disparos a discreción.

Era casi de noche cuando por fin cesó el ruido; pero el pobre patito no tuvo valor para mover ni una pluma. Pasaron horas hasta que se atrevió a

mirar a su alrededor, y por fin salió huyendo del pantano todo lo rápido que pudo. Cruzó campos y praderas; el viento soplaba tan fuerte que el patito avanzaba con gran dificultad.

Al caer la tarde, llegó a una choza; estaba en tal estado de deterioro que parecía que ella misma no supiera hacia qué lado caer, y seguramente por eso prefería mantenerse en pie. El viento era tan violento que el patito tuvo que apoyarse en la cola para no salir volando; nada podía ir peor. Entonces vio que la puerta se había salido de uno de los goznes, de tal manera que quedaba enganchada un poco de través y dejaba abierta una rendija por la que el patito pudo entrar en la estancia.

Vivía allí una mujer con su gato y su gallina; el gato, que ella llamaba «hijito», sabía arquear el lomo y ronronear; incluso sabía echar chispas, pero sólo si lo acariciaban a contrapelo. La gallina tenía las patas muy cortas, y por eso había recibido el nombre de «Cocori-cortaspatitas»; ponía unos huevos bien hermosos y la mujer la quería como si fuera su propia hija.

Por la mañana se dieron cuenta de que había llegado un pato de fuera, y el gato empezó a ronronear y la gallina a cloquear.

—¿Qué pasa? —preguntó la mujer mirando a su alrededor, pero tenía muy mala vista y creyó que el patito era una pata rolliza que se había extraviado—. ¡Esto sí que es una buena presa! —exclamó—. Ahora tendré huevos de pata. ¡Espero que no sea un macho! Tengo que salir de dudas.

Y el patito estuvo a prueba durante tres semanas, pero no puso ningún huevo. El gato y la gallina, que eran los amos del lugar, repetían una y otra vez: «¡Nosotros y el mundo!», pues creían que ellos eran la mitad del universo, y encima la mitad más valiosa, por supuesto. El patito pensaba que en el mundo había otras muchas opiniones válidas, pero la gallina no soportaba esa idea.

—¿Tú sabes poner huevos? —le preguntó.

—¡No!

—¡Entonces cierra el pico!

—¿Sabes arquear el espinazo, ronronear y echar chispas? —le preguntó el gato.

—¡No!

—En ese caso, no tienes ningún derecho a expresar tu opinión en presencia de la gente sabia.

El patito se acurrucaba en su rincón todo enfurruñado; intentó pensar en el frescor del aire y en el sol radiante, y le entraron tantas ganas de nadar en el agua que al final no pudo resistirlo y se lo contó a la gallina.

—Pero bueno, ¿qué te pasa? —dijo ella—. Estás todo el día sin hacer nada, por eso te entran esos antojos. Empieza a poner huevos o a ronronear, ya verás como se te pasa.

—¡Pero es que es tan agradable nadar en el agua! —dijo el patito—. ¡Es una delicia sentir el agua sobre tu cabeza y bucear hasta el fondo!

—Sí, vamos, qué felicidad —dijo la gallina—. ¿Te has vuelto loco? Pregúntale al gato, que es el ser más sensato que conozco, si le gusta bucear. Pregunta a nuestra ama, la vieja, pues nadie en el mundo es más sabia que ella. ¿Acaso crees que le gusta nadar y bucear con el agua cubriéndole la cabeza?

—Vosotros no me entendéis —dijo el patito.

—Pues, si no te entendemos nosotros, ¡no sé quién va a entenderte! No pretenderás ser más sabio que el gato o que el ama, ¡y no digamos que yo misma! No te pases de listo, pequeño, y da gracias al Creador por todos los bienes que te ha concedido. ¿Acaso no has sido acogido en una habitación cálida, en compañía de personas de las que tienes tanto que aprender? No dices más que tonterías, ¡y encima te pones de un desagradable! A mí me caes bien, en serio; te digo cosas que te sientan mal, ¡pero eso es lo que hacen precisamente los verdaderos amigos! ¡Así que intenta poner huevos y aprende a ronronear y a echar chispas!

—¡Creo que me voy a viajar por el mundo! —dijo el patito.

—¡Pues vete! —replicó la gallina.

Y el patito se fue. Nadó y se zambulló en el agua, pero todos los animales lo despreciaban por su fealdad.

Llegó el otoño y las hojas de los árboles se tornaron amarillas y pardas; el viento las envolvía y las arremolinaba, y en las alturas el aire parecía muy frío. Suspendidos en el cielo se veían pesados nubarrones que flotaban cargados de granizo y de copos de nieve y, posado en la valla, el cuervo daba graznidos quejándose del frío: «¡cra, cra!». Uno se congelaba sólo de pensarlo. El pobre patito lo estaba pasando realmente mal.

Una tarde, durante una espléndida puesta de sol, salió de los matojos una bandada de magníficas aves. El patito no había visto nunca aves de tanta belleza. Eran de un color blanco resplandeciente y tenían el cuello muy largo y flexible. Eran cisnes. Lanzaron un grito peculiar, desplegaron sus alas de impresionante envergadura y se fueron volando lejos de aquellas regiones frías, ¡hacia países más cálidos y hacia mares infinitos! Subieron tan alto, tan alto que al patito le entró una extraña sensación. Se puso a dar vueltas en el agua como una noria, irguió el cuello en dirección a los cisnes y lanzó un graznido tan fuerte y tan peculiar que hasta él mismo se asustó. ¡Oh! Ya no podría olvidar aquellas aves maravillosas y felices. Cuando las perdió de vista, se zambulló hasta el fondo y volvió a salir a la superficie; estaba fuera de sí. No sabía cómo se llamaban aquellos pájaros ni hacia dónde se dirigían y, sin embargo, sentía por ellos algo que nunca antes había sentido por nadie. No es que tuviera celos; en absoluto, pues ¿cómo se le podría siquiera pasar por la cabeza la idea de alcanzar tanta belleza? Para ser feliz le habría bastado con que los patos toleraran su presencia, la de un animal tan ridículamente feo como él.

Y llegó el frío y crudo invierno. El patito se vio obligado a nadar constantemente para impedir que el agua se helara del todo. Pero por las noches el agujero en el que nadaba se hacía cada vez más pequeño. La helada era tan fuerte que se oía crujir el hielo. El patito tenía que mover continuamente las patas para que el agujero no acabara de cerrarse, pero al final agotó toda su energía, se quedó inmóvil y fue atrapado por el hielo.

Al amanecer llegó un granjero y lo vio, se acercó a él, rompió el hielo con su zueco y se lo llevó a casa para regalárselo a su mujer. Allí el patito pudo recobrar vida.

Los niños intentaron jugar con él, pero el patito creyó que querían hacerle daño y, asustado, saltó a la tinaja de la leche y salpicó toda la habitación. La mujer se puso a dar gritos con los brazos alzados; entonces él fue a refugiarse al tarro de la mantequilla, y luego al tonel de la harina y, cuando por fin logró salir de allí, ¡menuda estampa! La mujer seguía gritando e intentaba pegarle con unas tenazas, y los niños se agolpaban para atrapar a su patito.

101

¡Cómo reían y gritaban! Por suerte, la puerta estaba abierta y pudo huir entre los matorrales, en medio de la nieve recién caída. Allí se quedó, entumecido.

Sería demasiado triste contar todas las desgracias y miserias que tuvo que soportar el patito durante aquel despiadado invierno. Cuando por fin el sol empezó a calentar la atmósfera, el patito se hallaba en el pantano, escondido entre los juncos, y cantaban las alondras. Había vuelto la hermosa primavera.

De pronto, el patito feo extendió las alas, que batieron el aire con más vigor que nunca y, antes de que pudiera darse cuenta, estaba sobrevolando un gran jardín con manzanos en flor y fragantes lilas que extendían sus ramas, largas y verdes, hasta los sinuosos canales. Era un lugar precioso. ¡Y qué frescor de primavera! De pronto, justo delante de él, salieron de la maleza tres imponentes cisnes blancos que hinchaban sus plumas y nadaban en el agua con suma elegancia. El patito feo reconoció a aquellos magníficos pájaros y fue presa de una extraña melancolía.

«¡Qué aves majestuosas! ¡Cómo me gustaría ir volando junto a ellas! Pero me matarán por haber osado acercarme, ¡yo, que soy tan feo! Pues me da igual: prefiero que me maten ellas a que me linchen los patos, me den picotazos las gallinas, me eche a patadas la sirvienta del corral, ¡y a tener que seguir soportando las inclemencias del invierno!» Entonces se zambulló en el agua y fue nadando hacia los majestuosos cisnes. Cuando éstos lo vieron, se precipitaron hacia donde él estaba con las plumas erizadas.

—¡Matadme si queréis! —dijo el pobre patito, mientras curvaba la cabeza hacia la superficie del agua esperando la muerte. Pero entonces, ¿qué es lo que vio? Vio su propia imagen reflejada en el agua. Ya no era ningún pajarraco torpote, gris, feo y repugnante. ¡Era un cisne!

¡Qué importa haber nacido en un corral, si se ha salido de un huevo de cisne!

En aquel momento, se sintió feliz por haber sufrido todas aquellas desgracias y adversidades. Disfrutaba ahora de su felicidad y de todos los dones que estaba recibiendo. Los hermosos cisnes nadaban a su alrededor y le hacían caricias con el pico.

Vinieron al jardín unos niños que lanzaron al agua pan y semillas, y el más pequeño gritó: «¡Hay uno nuevo!». Los otros niños daban gritos de alegría: «¡Ha llegado uno nuevo!», decían mientras aplaudían y saltaban en círculo. Corrieron a buscar a sus padres y siguieron tirando pan y dulces al agua. Todo el mundo decía: «¡El nuevo es el más hermoso! ¡Qué joven y qué bonito!». Y los cisnes viejos le hacían reverencias.

Al patito le dio vergüenza y escondió la cabeza bajo las alas. ¡No sabía ni qué pensar! Era demasiado feliz, pero no sentía nada de orgullo, ¡pues un corazón puro no es orgulloso jamás! Recordaba el modo en que hasta entonces había sido perseguido e insultado, y ahora en cambio oía como todos decían que era la más hermosa de las aves. Las lilas inclinaban sus ramas hacia el agua, y hacia él, ¡y el sol esparcía su luz cálida y bienhechora! Entonces hinchó sus plumas, extendió su largo cuello y gritó desde lo más profundo del corazón: «¡Cuando era el patito feo, jamás había soñado con tanta felicidad!».

. . .
.

La pastora y el deshollinador

¿Has visto alguna vez un viejo armario de madera, ya oscurecido por los años y todo decorado con volutas y hojas talladas? Precisamente en un viejo salón había uno de estos armarios, heredado de la bisabuela; estaba decorado de arriba abajo con rosas y tulipanes tallados en la madera. Tenía unos motivos de lo más extraños; entre ellos figuritas de ciervos que extendían la cabeza con sus cornamentas. Pero en medio del armario había esculpida la figura de un hombre de cuerpo entero, de aspecto grotesco, que más que reírse parecía que se burlaba. Tenía patas de chivo, unos cuernos pequeños en la frente y una barba muy larga. Los niños del salón lo llamaban Sargento-mayor-general-en-jefe-y-soldado-con-patas-de-chivo, pues era un nombre muy difícil de pronunciar, y no hay mucha gente que tenga este título. No a todo el mundo se le hubiera ocurrido esculpir semejante figura. Pero, de todas formas, ¡ahí estaba! Tenía la mirada fija en la consola de debajo del espejo, pues sobre ella había una lindísima pastorcita de porcelana. Llevaba zapatos dorados, el vestido recogido con coquetería gracias a una rosa roja, un sombrero de oro y un cayado. ¡Era encantadora! Junto a ella había un deshollinador negro como el carbón, también de porcelana. Estaba tan limpio y bien vestido como cualquier persona normal, pues de deshollinador sólo tenía el aspecto. El fabricante de porcelana podía perfectamente haber hecho de él un príncipe, ¡lo mismo le habría dado!

Sujetaba con gracia una escalera, y su rostro era blanco y rosa como el de la joven, pero, en realidad, era por culpa de un error, pues debería haber salido algo poco más ennegrecido. El deshollinador estaba muy cerca de la pastorcita. Los habían colocado juntos en el mismo sitio y, como estaban ahí los dos juntos, eran novios. La verdad es que hacían muy buena pareja, tan jóvenes y hechos ambos de porcelana, y tan frágil uno como el otro.

Cerca de ellos había otra estatuilla tres veces más grande; era la figurita de un viejo chino que podía mover la cabeza. También era de porcelana, y pretendía ser el abuelo de la pastorcita, aunque sin duda no tenía pruebas de ningún tipo. Intentaba ejercer su autoridad de abuelo sobre ella, y por eso había respondido con una inclinación de cabeza cuando el Sargento-mayor-general-en-jefe-y-soldado-con-patas-de-chivo le había pedido la mano de la pastorcilla.

—Te vas a casar —dijo el viejo chino—, y creo que tu futuro marido es de madera de caoba; hará de ti la señora del Sargento-mayor-general-en-jefe-y-soldado-con-patas-de-chivo, y tiene todo su armario repleto de plata, sin contar los tesoros escondidos en sus escondites secretos.

—No quiero entrar en ese armario tan oscuro —dijo la pastorcilla—, pues me han dicho que dentro de él guarda once mujeres de porcelana.

—Nada, pues tú serás la decimosegunda —contestó el chino—. Esta misma noche, en cuanto se oigan los crujidos del armario, os casaréis, ¡tan seguro como que soy chino! —y diciendo esto inclinó la cabeza y se quedó dormido.

Pero la pastorcilla lloraba y miraba al que era el elegido de su corazón, el deshollinador de porcelana.

—Creo que voy a pedirte que me acompañes a viajar por el mundo —le dijo ella—. ¡Aquí no podemos quedarnos!

—Yo deseo lo que tú desees —contestó el deshollinador—. Vámonos ya mismo; ¡creo que podré mantenerte con mi trabajo!

—Ojalá estuviéramos más cerca del suelo —dijo ella—. No podré ser feliz hasta que no nos hayamos ido a recorrer el ancho mundo.

Él procuraba darle ánimos y la ayudaba a apoyar bien el pie en los bordes esculpidos y en las hojas doradas que adornaban el pie de la consola. Utilizó también su escalera de mano, y en poco tiempo llegaron al suelo. Pero, cuando miraron el viejo armario, vieron que había un gran barullo en el interior; todos los ciervos tallados estiraban la cabeza, extendían los cuernos y torcían el cuello. El Sargento-mayor-general-en-jefe-y-soldado-con-patas-de-chivo dio un gran salto y gritó al viejo chino:

—¡Que se escapan! ¡Que se escapan!

La pastora y el deshollinador se asustaron y saltaron rápidamente al cajón que había en el banco, debajo de la ventana.

En el interior del cajón había tres o cuatro barajas incompletas y también un pequeño teatro de marionetas que alguien había montado según le había dictado la inspiración. Estaban representando una función, y todas las damas de rombos, corazones, tréboles y picas estaban sentadas en primera fila y se abanicaban con sus tulipanes, mientras que las sotas miraban la función de pie, detrás de las damas, y exhibían sus dos cabezas, una arriba y otra abajo, igual que se ve en las barajas. La obra trataba sobre dos jóvenes a los que habían prohibido contraer matrimonio, y esto hizo llorar a la pastorcilla, pues se identificaba con aquel drama.

–¡No puedo soportarlo! –decía–. Tengo que salir del cajón. Pero, cuando volvieron al suelo y miraron hacia la consola, vieron que el viejo chino había despertado y que se balanceaba con todo el cuerpo, ¡pues la parte de abajo de su cuerpo era sólo una bola!

–¡Ahí llega el viejo chino! –exclamó la pastorcilla, y se puso tan nerviosa que, aunque fuera de porcelana, cayó de rodillas.

–¡Tengo una idea! –dijo el deshollinador–. Podemos escondernos en el fondo del gran jarrón de porcelana, el que tiene las flores secas, ése que está en la esquina; allí podríamos descansar entre rosas y lavanda, y cuando venga alguien podremos lanzarle a los ojos toda la sal que queramos.

–¡Sería inútil! –dijo ella–. Sé de sobra que el viejo chino y el jarrón de flores secas fueron novios hace años, y siempre queda una gran amistad en este tipo de relaciones. No, ¡sólo nos queda huir al vasto mundo!

–¿De verdad tienes valor para venirte conmigo al ancho mundo? –preguntó el deshollinador–. ¿Te das cuenta de lo grande que es, y de que ya nunca podremos volver a este lugar?

–¡Claro que me doy cuenta! –contestó la pastorcilla.

Y el deshollinador, mirándola a los ojos, dijo:

–¡Nos colaremos por la chimenea! ¿De verdad tienes valor para seguirme por la estufa, cruzar el hogar y trepar por el tubo de la chimenea?

Llegaríamos a lo alto de la chimenea, ¡y eso me lo conozco yo bien! Subiremos tan alto que no podrán alcanzarnos y, cuando estemos allá arriba, veremos un agujero que nos conducirá al ancho mundo –y llevó a la pastora a la entrada de la estufa.

–¡Qué oscuridad! –dijo ella, pero de todas formas lo siguió a través del hogar y del tubo, donde estaba todo negro como en el interior de un horno.

–¡Ya hemos llegado a la chimenea! –dijo él–. ¡Mira! ¡Está brillando en el cielo la estrella más hermosa!

Había una estrella en el cielo y hasta ellos llegaba su fulgor, como si intentara enseñarles el camino. Subieron y treparon con gran dificultad, pues el camino, como era muy, muy alto, resultaba muy duro; pero él la ayudaba a subir, la sostenía y le indicaba los mejores salientes para que apoyara sus piececitos de porcelana. Así llegaron por fin a la salida de la chimenea, donde se sentaron a descansar, pues estaban agotados, y con razón.

Por encima de ellos se veía el cielo con todas las estrellas y, por debajo, se extendían todos los tejados de la ciudad. La vista se perdía a lo lejos, muy lejos en el mundo. La pastorcita nunca se había imaginado aquello de esa manera. Apoyó su cabecita en el hombro del deshollinador y lloró tanto que se le cayó el oro del cinturón.

–¡Es demasiado grande! –exclamó–. ¡No puedo soportarlo! ¡El mundo es demasiado grande! ¡Quiero volver a mi mesita! ¡Si no vuelvo, nunca podré ser feliz! Ya que te he seguido hasta el vasto mundo, podrías acompañarme de vuelta a casa, si me quisieras un poco.

El deshollinador la intentó hacer entrar en razón, le habló del viejo chino y del Sargento-mayor-general-en-jefe-y-soldado-con-patas-de-chivo, pero ella no dejaba de sollozar con tanto ardor y de dar tantos besos a su deshollinador que éste no pudo por menos que ceder, aunque sabía que hacía mal.

Bajaron con mucho esfuerzo por la chimenea, atravesaron el hogar y el tubo, cosa que no era agradable en absoluto, y volvieron a la oscura estufa; entonces se pusieron a escuchar detrás de la puerta para saber qué pasaba en el salón. Todo parecía estar tranquilo; asomaron la cabeza y... ¡el viejo chino yacía en el suelo! Se había caído de la mesita al intentar ir detrás de ellos y se había partido en tres grandes pedazos. Se le había roto la espalda en un solo pedazo, y la cabeza había llegado rodando hasta un rincón. El Sargento-mayor-general-en-jefe-y-soldado-con-patas-de-chivo no se había movido de su sitio y estaba pensativo.

–¡Qué horror! –dijo la pastorcita–. ¡Se ha roto el abuelo, y ha sido por nuestra culpa! ¡No creo que pueda superarlo! –exclamaba mientras retorcía las pequeñas manitas.

–¡Aún es posible repararlo! –dijo el deshollinador–. Y quedará muy bien, no te pongas triste. Si le pegan la espalda y le ponen una buena grapa en la nuca, volverá a estar como nuevo, ¡y podrá decirnos cosas desagradables!

—¿Tú crees? —dijo ella, y subieron a su consola de siempre.

—Pues sí que nos hemos ido lejos —dijo irónicamente el deshollinador—. ¡Y para esto tanto sufrimiento!

—¡Con tal de que reparen al abuelo! —exclamó la pastorcilla—. ¿Crees que saldrá muy caro?

Y sí, lo repararon. La familia le pegó la espalda y le puso una buena grapa en el cuello, con lo que el viejo chino volvió a estar como nuevo, sólo que ya no podía inclinar la cabeza.

—¡Me parece que os habéis vuelto muy orgulloso desde que os rompisteis! —dijo el Sargento-mayor-general-en-jefe-y-soldado-con-patas-de-chivo—. Yo, sin embargo, no veo a santo de qué hay que darse esos aires de grandeza. Bueno, qué, ¿me concedéis la mano de vuestra nieta o no?

El deshollinador y la pastorcilla devoraban al abuelo con los ojos, temerosos de que hiciera una inclinación de cabeza, pero el caso es que el viejo chino no podía moverse y le parecía muy embarazoso tener que explicarle a un extranjero que tenía una grapa en la nuca. Así pues, las dos figuritas de porcelana se quedaron juntas para siempre, gracias a la bendita grapa del abuelo, y se amaron hasta el día en que se rompieron.

· · ·
·

La pequeña vendedora de cerillas

¡Qué frío tan terrible hacía! Estaba nevando y empezaba a oscurecer. Era Nochevieja, víspera de Año Nuevo, y en medio de aquel frío atroz y de aquella oscuridad iba por la calle una niña, descalza y sin nada de abrigo en la cabeza. Había salido de casa con unas zapatillas puestas, pero, la verdad, no le sirvieron de mucho. Eran de su madre, y a ella le venían tan grandes que se le salieron al cruzar la calle corriendo para que no la pillaran dos coches que pasaban a toda velocidad. Una simplemente se perdió; la otra se la llevó un golfillo que dijo que iba a utilizarla como cuna cuando tuviera hijos.

La pequeña iba, pues, caminando con los piececitos descalzos abotargados por el frío. En el delantal llevaba un puñado de cerillas y en la mano sostenía un paquete. Nadie le había comprado nada en todo el día; no tenía ni una mísera moneda. ¡Pobrecilla! Estaba muerta de hambre y de cansancio, y tenía un aspecto desolador. Caían los copos de nieve sobre su largo pelo rubio, que formaba hermosos rizos a la altura del cuello, pero buena estaba ella para pensar en esas coqueterías. A través de las ventanas brillaban las luces de las casas, y por toda la calle se esparcía un olor a pavo asado. Era la víspera de Año Nuevo y eso era lo único en lo que pensaba nuestra niña.

Llegó a un recodo que formaban dos casas juntas, una de las cuales sobresalía más que la otra, y en aquel rincón se sentó bien acurrucadita. Intentó doblar las piernas contra su cuerpo, pero el frío le había calado hasta los huesos; aun así, no se atrevía a volver a casa, pues, como no había vendido cerillas y nadie le había dado una sola moneda, su padre le daría una paliza; y, además, para qué, si en su casa también hacía mucho frío... Vivían justo bajo el tejado y el aire entraba por mil rendijas, por mucho que hubieran intentado tapar las más anchas con paja y trapos. Tenía las manos ateridas de frío. ¡Oh! ¡Le vendría tan bien el calor de una cerilla! ¡Ojalá pudiera sacar una del paquete, sólo una, frotarla contra la pared y calentarse un poco las manos! Se decidió a sacar una y... ¡pff!, ¡cómo brillaba y cuánto calentaba! ¡Como si fuera una vela gruesa, con aquella llama tan clara y tan cálida! La resguardaba en el hueco de la mano, para que el aire no la apagara. ¡Qué maravilloso resplandor! A la niña le pareció estar sentada junto a una gran estufa de hierro, de ésas que tienen bolas al pie y una puerta de latón brillante. En el interior ardía un fuego magnífico que calentaba de lo lindo. La pequeña quiso extender las piernas al calor de la estufa, pero ¿qué fue lo que pasó? La llama se apagó de repente, la estufa desapareció y la niña se encontró sentada en la calle, con el trocito de cerilla quemada en la mano.

Entonces encendió otra, que brillaba y ardía igual de bien, y en el lugar de la pared donde se proyectaba el resplandor de la llama se hizo un agujero, transparente como un velo. Ante la pequeña apareció el interior de un comedor y, en el medio, una mesa puesta con un mantel blanco resplandeciente, vajilla de porcelana fina y, sobre ella, un pavo asado, relleno de ciruelas y manzanas, que desprendía un aroma suculento. Pero lo más sorprendente de todo fue que el pavo saltó de la bandeja y rodó por el suelo, con un tenedor y un cuchillo clavados en la espalda, hasta que llegó al lado de la pobre niña. Pero justo en ese momento se apagó la cerilla, y ante ella volvió a aparecer la visión del frío y grueso muro.

La niña encendió otra cerilla. Entonces se vio sentada bajo el árbol de Navidad más esplendoroso del mundo, mucho más grande y cargado de adornos incluso que el que había visto hacía unos días, en Nochebuena, a través de los cristales de la puerta, en casa de aquel rico comerciante. Entre las ramas brillaban suspendidas mil velas, y colgaban figuritas de todos los colores, como las que adornan los escaparates. La pequeña tendió las dos manos y la cerilla se apagó. Las velas de Navidad subieron cada vez más alto por los aires, y entonces se dio cuenta de que no eran otra cosa que las estrellas. Una de ellas trazó un surco de fuego en el cielo.

—Alguien se está muriendo —dijo la niña, pues su anciana abuela, la única persona que le había dado cariño, pero que ya había muerto, le había explicado un día: «Cuando cae una estrella, es que un alma está subiendo al cielo».

Encendió otra cerilla en la pared: se hizo una luz deslumbrante y en medio de ella apareció su abuela de pie, ¡tan dulce, tan radiante!

—¡Abuelita! ¡Llévame contigo! Cuando se apague la cerilla, desaparecerás, igual que la estufa, y que el pavo, y que el hermoso árbol de Navidad.

Frotó aprisa el resto del paquete de cerillas, intentando retener la imagen de su abuela, y las cerillas esparcieron un fulgor tan claro que parecía la luz del día. La abuela estaba más bella y más esbelta que nunca. Cogió a la niña en sus brazos, y se elevaron ambas, felices, en medio de aquel resplandor, muy, muy alto, a un lugar donde ya nunca pasarían frío ni hambre ni miedo. Iban a encontrarse con Dios.

Pero en la fría madrugada, la niña seguía sentada en aquel recodo que formaban las dos casas; tenía las mejillas enrojecidas y una sonrisa en los labios... Muerta, muerta de frío, el último día del año. El día de Año Nuevo amaneció sobre el pequeño cadáver de la niña, que estaba allí sentada con sus cerillas, y junto a ella un paquete de fósforos casi vacío.

—¡Mirad! ¡Intentó calentarse con las cerillas! —dijo alguien. Nadie supo jamás la cantidad de cosas hermosas que había visto, ni con qué esplendor había entrado, junto a su abuela, en la alegría del nuevo año.

• • •

•

El compañero de viaje

El pobre Juan estaba muy triste, pues a su padre, muy enfermo, le había llegado la hora de morir. Se encontraban ellos dos solos en la habitación, y la lámpara se iba extinguiendo encima de la mesa a medida que avanzaba la noche.

–Has sido un hijo muy bueno, Juan –le dijo su padre moribundo–. El buen Dios te ayudará a encontrar tu camino en la vida –y, mirándolo con sus profundos ojos, murió.

Parecía que estuviera dormido. Juan lloraba porque ahora ya no tenía a nadie en el mundo: ni padre, ni madre, ni hermanos. ¡Pobre Juan! Arrodillado junto a la cama, besó la mano de su padre y vertió amargas lágrimas, pero sus ojos se cerraron y acabó durmiéndose con la cabeza apoyada en el duro madero de la cama.

Entonces tuvo un extraño sueño. Vio que el sol y la luna le hacían una reverencia; su padre, en perfecto estado de salud, se reía como en otros tiempos, en sus mejores momentos de buen humor. Una joven bellísima, con una corona de oro sobre su larga y reluciente melena, le tendía la mano, mientras su padre le decía: «Ésta es tu novia; mírala, es la más hermosa del mundo».

Cuando despertó, aquella grata visión se había evaporado. Su padre yacía, frío y muerto, en el lecho, y no había nadie más con ellos. Pobre Juan.

El entierro fue al día siguiente. Juan marchaba en procesión detrás del féretro. ¡Ya nunca volvería a ver a su buen padre, a quien tanto había amado! Oyó el sonido de la tierra al caer sobre el ataúd y se quedó contemplando el trozo de féretro que todavía estaba visible, pero la tierra seguía cayendo y enseguida terminó de cubrirlo por completo. En ese momento sintió que se le partía el corazón. ¡Qué infinitamente triste estaba! Alrededor de la tumba todos cantaban un salmo cuya melodía arrancó lágrimas de sus ojos, y el dulce llanto le sentó muy bien. El sol brillaba entre los verdes árboles, como si quisiera decirle: «¡Consuélate, Juan, y contempla qué grande y qué azul es el cielo! En lo alto está tu padre, que ruega al buen Dios para que siempre seas feliz».

–Voy a ser siempre bueno –dijo Juan–, pues quiero reunirme con mi padre en el cielo, y tendremos la inmensa alegría de volver a vernos; ¡tengo tantas cosas que contarle! Él me enseñará y me explicará las maravillas del cielo, igual que me enseñó tantas otras cosas en la tierra. ¡Vamos a ser felices!

Juan se imaginaba con tanta claridad todas esas escenas que una sonrisa asomaba entre sus lágrimas. Allá arriba, entre las ramas de los castaños, los pájaros trinaban alegremente, «¡pío, pío!», a pesar de que también ellos habían asistido al entierro. Sabían que el muerto había subido al cielo y que ahora tenía unas alas más grandes y hermosas que las de ellos; sabían que ahora iba a ser feliz para siempre, pues había hecho el bien en la tierra, y eso los colmaba de alegría.

Juan vio cómo salían de sus nidos, construidos en los grandes árboles, y volaban hacia otros lugares del mundo, y entonces tuvo ganas de viajar con ellos. Pero antes talló una gran cruz de madera para ponerla en la tumba de su padre. Por la tarde, cuando fue a llevársela, vio que la tumba estaba decorada con tierra y flores. Aquello era obra de algunas personas que habían querido mucho a su padre.

Al día siguiente, temprano, Juan hizo un ligero equipaje, metió en el cinturón su parte de la herencia (tenía cincuenta coronas y algunas monedas de plata), y se marchó, dispuesto a recorrer el mundo. Pero antes que nada fue al cementerio, rezó un padrenuestro junto a la tumba de su padre y exclamó:

—¡Adiós, padre mío! Yo también procuraré practicar el bien, para que reces al buen Dios por mí.

Los campos que iba atravesando Juan en su camino desbordaban de flores hermosas y de hierbas frescas que el calor del sol embellecía aún más; se inclinaban al viento y parecían decir: «Te damos la bienvenida a nuestro campo. ¿A que es muy hermoso?».

Juan se volvió una última vez para mirar la vieja iglesia donde, de pequeño, lo habían bautizado y donde los domingos asistía a los oficios con su padre para adorar al Todopoderoso. En un agujero, en lo alto de la torre, vio al duendecillo de la iglesia, con su gorra roja y puntiaguda, que se apartaba el sol del rostro con el brazo. Juan le dirigió una señal de despedida y el duendecillo se la devolvió agitando su sombrero rojo; se llevó una mano al corazón y le envió besos por el aire, para desearle lo mejor del mundo y un feliz viaje. Juan pensaba en todas las cosas hermosas que iba a conocer en la inmensidad del mundo; llegó muy lejos, más de lo que había llegado nunca antes. No conocía ni las ciudades por las que pasaba ni las gentes con las que se cruzaba en el camino. Todo era nuevo para él.

La primera noche tuvo que dormir en el campo, sobre un montón de paja, pues no había otra cama. Pero le pareció muy agradable, y pensó que ni siquiera el rey iba a dormir mejor que él. El campo entero, incluidos el estanque y el heno, y con el cielo azul por techo, formaba una habitación que era una auténtica delicia. La hierba verde, con sus pequeñas florecillas rojas y blancas, era la alfombra; los matorrales de tilos y los setos de rosas salvajes eran los ramos de flores que servían de decoración, y el estanque, con aquella agua tan fresca y límpida, le servía de lavabo. Los juncos, al inclinarse, le daban los buenos días y las buenas noches; la luna era una gran lámpara colgada en el techo azul, y una lámpara segura, pues con ella no había peligro de que se incendiaran las cortinas. En aquella habitación Juan podía dormir a sus anchas, y eso fue lo que hizo. No se despertó hasta el amanecer, cuando los pájaros se pusieron a cantar a su alrededor, diciéndole:

–¡Buenos días, buenos días! ¿Aún no te has levantado?

Las campanas de la iglesia llamaban a los oficios sagrados, pues era domingo. El pueblo acudía a escuchar el sermón. Juan siguió a la gente a la

iglesia, cantó los salmos y escuchó la palabra de Dios. Le pareció que se hallaba en la misma iglesia en la que fuera bautizado, a la que tantas veces había ido con su padre a encontrarse con el Señor.

El cementerio estaba lleno de tumbas, y algunas de ellas las habían invadido hierbajos silvestres. Juan pensó que tal vez la tumba de su padre estuviera en ese estado de abandono, ya que él no estaba allí para cuidarla. Se sentó en el suelo y se puso a arrancar la hierba, enderezó las cruces que se habían caído y volvió a colocar en su sitio las coronas que el viento había desplazado de sus tumbas. Pensaba: «Quizá justo ahora alguien esté haciendo lo mismo con la tumba de mi padre, ya que yo no puedo».

En la puerta del cementerio había un viejo mendigo que se apoyaba en una muleta; Juan le dio sus monedas de plata y prosiguió alegre su camino.

Al caer la tarde, el tiempo empeoró terriblemente. Juan buscaba un sitio para cobijarse, pero la noche se le vino encima. Llegó por fin a una pequeña iglesia solitaria que había en lo alto de una colina. La puerta estaba abierta, así que entró a esperar a que amainara. «Me sentaré aquí, en un rincón; estoy agotado y necesito descansar», pensó. Se sentó, juntó las manos, rezó su oración de la noche y, sin darse cuenta, se quedó dormido. Mientras fuera, en la tormenta, sonaban los truenos y daban fogonazos los relámpagos, él tuvo dulces sueños.

Se despertó de madrugada; el mal tiempo había pasado y por la ventana llegaba hasta él la luz de la luna. En el centro de la iglesia se veía un ataúd abierto, y en el interior del ataúd yacía un hombre muerto que aún no había podido ser enterrado. Juan no tuvo miedo, pues vivía con la conciencia tranquila y sabía que los muertos no hacen nada: sólo los hombres vivos son malvados. Pero el caso es que cerca del muerto se tenían en pie dos de esos hombres malvados; querían sacar el cadáver del féretro y arrojarlo fuera.

—¿Por qué queréis hacer eso? —preguntó Juan—. Es un acto depravado. ¡Dejadlo descansar, en nombre del cielo!

—¡Tonterías! —respondieron los dos hombres malvados—. Este tipo nos engañó; nos debía dinero y se dio prisa en morir para no pagar su deuda. Por eso ahora vamos a tomarnos la revancha y a tirarlo por la puerta como a un perro.

—Sólo tengo cincuenta coronas, es toda mi herencia —les dijo Juan—. Os las doy de buena gana si dejáis a este pobre muerto tranquilo. Espero poder seguir mi camino sin este dinero, ya que estoy sano y fuerte, y Dios me ayudará.

—Bueno —respondieron los hombres—. Si quieres pagar su deuda, prometemos no hacerle nada.

Cogieron el dinero que Juan les ofreció y se fueron, burlándose con desprecio de tanta bondad. Juan atusó un poco al pobre cadáver en el ataúd, le unió las manos y, despidiéndose de él, se dirigió al bosque.

La luz de la luna se colaba a través de las hojas de los árboles. Juan vio multitud de duendecillos del bosque que jugaban traviesos. No salieron huyendo, pues sabían que Juan era un hombre puro e inocente, ya que los hombres malvados no pueden ver a los duendes.

Algunos de ellos, que llevaban el pelo largo y rubio sujeto con peinetas de oro, no eran más grandes que el tamaño de un dedo; se columpiaban de dos en dos sobre las gruesas gotas de rocío que salpicaban la hierba y las hojas y, cuando las gotas rodaban al suelo, caían con ellas entre las altas hierbas, y todos los demás duendecillos se tronchaban de risa. ¡Lo pasaban en grande! Cuando se pusieron a cantar, Juan pudo reconocer perfectamente cada una de las canciones que había aprendido cuando era niño. Unas arañas enormes y abigarradas, con coronas de plata sobre sus cabezas, tejían con sus hilos puentes de seda que iban de un seto a otro, y palacios que, cuando caía el rocío y los iluminaba la luz de la luna, parecían de cristal. Así estuvieron hasta el amanecer; en ese momento, los duendecillos se metieron en sus capullos de flores y el viento deshizo los puentes y castillos.

Cuando Juan estaba a punto de salir del bosque, oyó detrás de él una fuerte voz de hombre que le gritaba:

—¡Eh, compañero! ¿Dónde vamos?

—Me voy a recorrer mundo —le contestó Juan—. No tengo padre ni madre, sólo soy un pobre hombre, pero el buen Dios está conmigo.

—Yo también viajo por el mundo —replicó el forastero—. Si quieres podemos hacer el camino juntos.

—¡Estupendo! —y juntos emprendieron la marcha.

Se cayeron bien enseguida, pues ambos eran buenas personas. Pero Juan notó que el extranjero era mucho más sabio que él, pues había viajado mucho y no había nada de lo que no pudiera hablar.

El sol brillaba en lo alto del cielo cuando se sentaron a la sombra de un corpulento árbol para tomar un almuerzo. Pasó por allí una mujer. Era tan anciana que andaba con la espalda doblegada, apoyándose en un bastón, y llevaba una gavilla de leña que había recogido en el bosque. Tenía el delantal subido, y Juan vio tres varas de mimbre que asomaban por él. Cuando llegó cerca de ellos, la anciana resbaló y cayó al suelo emitiendo fuertes quejidos, pues la pobre mujer se había roto una pierna. Juan se ofreció rápidamente a acompañarla a su casa, pero el extranjero abrió su maleta y sacó un frasquito que dijo que contenía un ungüento que le curaría la pierna en el acto, así que la mujer podría perfectamente irse andando sola, como si la pierna nunca se hubiera roto. Lo único que pidió a cambio fueron las varas de mimbre que llevaba la anciana en el delantal.

–¡Pues sí que me sale cara la cosa! –dijo la anciana, meneando extrañamente la cabeza. Se notaba que no le hacía ninguna gracia desprenderse de aquellas varas; aunque, por otra parte, no podía quedarse allí tirada en el suelo con la pierna rota. Por fin accedió a dárselas y, en cuanto el extranjero frotó la pierna con el bálsamo, la anciana se levantó y se puso a andar mucho más ligera que antes. ¡Vaya un ungüento! A decir verdad, no era de los que se vendían en las farmacias.

–¿Para qué quieres las tres varas? –preguntó Juan a su compañero de viaje.

–Son tres palos de escoba; me gusta tenerlos porque sí. ¡Soy así de simple! –Y continuaron juntos durante un buen trecho.

–Se está preparando una buena tormenta –advirtió Juan–. ¡Mira aquellos nubarrones grises y amenazadores!

–Qué va –dijo su compañero de viaje–. No son nubes, sino montañas. Por esas montañas se llega más arriba de las nubes y se respira aire puro. Es algo maravilloso, te lo aseguro. Mañana habremos llegado muy lejos en este mundo.

Pero había que andar un día entero para llegar a aquellas montañas, cuyos oscuros bosques tocaban el cielo y donde se encontraban rocas tan grandes como una ciudad entera. ¡Les esperaba una buena caminata! Juan y su compañero entraron en una posada, pues necesitaban recuperar fuerzas para el viaje del día siguiente.

En el salón principal de la posada había una multitud de gente. Todos contemplaban a un hombre que estaba representando un número con marionetas. Acababa de montar el teatro, y todo el mundo se había colocado en círculo a su alrededor; el mejor sitio, en primera fila, lo ocupaba un viejo y rollizo carnicero y, junto a él, se sentaba su enorme perro *bulldog*. ¡Uf! ¡Qué monstruoso animal! Ahí estaba, mirando como todos los demás, con sus ojazos bien abiertos.

Empezó la obra de teatro. Era muy bonita: un rey y una reina estaban sentados en sus magníficos tronos, con sus coronas de oro y largos mantos de cola. Con todo el dinero que ganaban podían permitirse esos lujos. De pie, junto a las puertas, había unas simpáticas marionetas con ojos de vidrio y grandes bigotes, que abrían y cerraban constantemente las puertas para abanicar el ambiente de la sala. Sí, era una obra muy entretenida y nada triste. De repente, la reina se levantó y dio unos pasos. Dios sabe lo que pasó por la cabeza del *bulldog*, pues en un momento en que no lo estaba sujetando el carnicero, saltó al teatro y mordió a la reina por la delgada cintura. ¡Ñac, ñac! Fue una visión espantosa.

El pobre dueño del espectáculo se llevó un disgusto enorme por la reina, que era su marioneta más bonita, y el *bulldog* le había arrancado la cabeza. Pero, cuando se hubieron marchado todos, el extranjero que acompañaba a Juan dijo que iba a restaurarla. Sacó su frasquito y aplicó a la muñeca un poco de pomada, la misma con la que había curado a aquella anciana. La muñeca quedó reparada en el acto, y podía incluso mover todos sus miembros sin necesidad de que nadie tirara de los hilos; lo único que le faltaba era poder hablar. Su dueño se puso muy contento al verla bailar por sí misma: ninguna otra de sus marionetas era capaz de aquello.

Por la noche, cuando la gente de la posada se había acostado, alguien suspiró tantas veces y tan profundamente que despertó a todo el mundo. El

hombre de las marionetas fue corriendo a su teatro, pues de allí provenían los suspiros. Las marionetas estaban colocadas aquí y allá, y el rey descansaba entre sus guardaespaldas. Eran éstos los que suspiraban con tanta pena, pues deseaban que los frotaran contra la reina, para poder moverse sin hilos también ellos. La reina se arrodilló y les ofreció su corona de oro diciendo:

–Tocadla, pero frotad con ella a mi esposo y a todos mis cortesanos.

Entonces el pobre director no pudo más y se echó a llorar, y dijo al compañero de viaje que le pagaría todo el dinero que había ganado su espectáculo si frotaba con su ungüento a cuatro o cinco de sus mejores títeres. Pero el compañero respondió que lo único que quería en pago de sus servicios era el gran sable que llevaba el director en el costado. Éste aceptó encantado, y el extranjero frotó a seis marionetas, que se pusieron a bailar tan deliciosamente que las niñas –las niñas vivas que las contemplaban– se pusieron a bailar también. El cochero bailaba con la cocinera, el criado con la camarera; todos los presentes bailaban, incluidos la pala y las tenazas de la chimenea, que tropezaron cuando intentaron dar el primer salto de baile. ¡Qué júbilo aquella noche!

Al día siguiente, Juan y su compañero de viaje se fueron y llegaron a las altas montañas con grandes bosques de pinos. Subieron tan arriba que las torres de las iglesias parecían desde lo alto pequenos frutos rojos en medio del campo verde, y ante ellos se extendía un inmenso paisaje. Juan nunca había contemplado un panorama tan extenso: el resplandor del sol caía del cielo fresco y azul; los cazadores hacían resonar sus cuernos en las montañas. Todo era tan hermoso y tan sagrado que le asomaron lágrimas de alegría.

–¡Dios bondadoso, eres tan bueno con nosotros que me gustaría poder abrazarte! Toda esta grandeza te la debemos sólo a ti –exclamó.

El compañero de viaje, que estaba de pie a su lado, también unía las manos ante el resplandor del sol y paseaba su mirada por los bosques y las ciudades. De pronto, se oyó un extraño ruido sobre ellos y levantaron la cabeza. Un enorme cisne blanco surcaba los aires; era maravilloso y cantaba como nunca habían oído cantar a ninguna otra ave. Pero su voz se fue haciendo cada vez más débil, inclinó la cabeza y cayó lentamente a sus pies. Había muerto.

—Estas dos alas tan blancas y tan grandes valen mucho dinero —dijo el compañero de viaje—. Me las llevo. Ya ves lo bien que hice pidiendo aquel sable —y de un golpe cortó las alas del cisne muerto y se las llevó.

Los viajeros recorrieron muchos kilómetros por encima de las nubes, hasta que vieron una gran ciudad con cien torres que brillaban al sol como si fueran de plata. En medio de la ciudad se alzaba un castillo de mármol recubierto de oro. En él vivía el rey. Juan y su compañero de viaje prefirieron esperar antes de entrar en la ciudad; se detuvieron en una posada para asearse un poco, pues querían estar guapos para pasear por las calles. El dueño de la posada les contó que el rey era un buen hombre, que nunca había hecho daño a nadie, pero que su hija...

—¡Dios nos asista! Es una princesa malvada. Tiene una gran belleza, como no os podéis imaginar. Pero ¿de qué le sirve? Es una bruja horrible que ha causado la muerte de cantidad de apuestos príncipes.

La princesa permitía que cualquiera viniera a pedir su mano, ya fuera príncipe o mendigo, pero el pretendiente tenía que adivinar tres enigmas que ella le planteaba. El que adivinara las respuestas podría casarse con la princesa y subiría al trono cuando muriera el rey, pero los que no acertaban las adivinanzas eran ahorcados o decapitados. ¡Así de malvada era la princesa! Su padre, el viejo rey, estaba muy triste, pero no podía hacer nada por impedírselo, pues había jurado una vez que no se entrometería en la elección de su yerno. Así que su hija tenía entera libertad en este asunto. Cada vez que un príncipe había intentado adivinar los acertijos para casarse con la princesa, se había quedado en el camino y había muerto en la horca o por decapitación. Por otra parte, si a todos se los advertía de lo que podría pasarles, ¿por qué se empeñaban tanto? El viejo rey estaba tan afectado con este comportamiento que todos los años, junto con sus soldados, pasaba un día entero

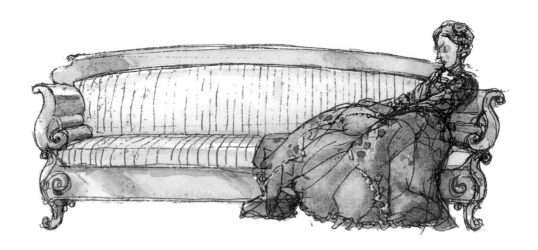

arrodillado rezando por que la princesa se volviera buena. Pero no había nada que hacer. Las viejas que bebían aguardiente tiñeron de negro sus brebajes en señal de duelo. ¿Qué otra cosa podían hacer?

–¡Qué princesa más mala! –dijo Juan–. Unos buenos azotes, eso es lo que se merece. Si yo fuera el viejo rey, iba a saber lo que es bueno.

En ese momento, los dos compañeros oyeron al pueblo vitorear «¡hurra!». Era la princesa, que pasaba por las calles; era, en efecto, tan hermosa que al verla se le olvidaba a uno toda su maldad. Por eso todos gritaban «¡hurra!». Le abría el paso un cortejo de doce graciosas doncellas engalanadas con trajes de seda y con un tulipán en la mano, montadas en caballos negros como el carbón.

La princesa iba montada en un caballo blanco como la nieve, con adornos de diamantes y rubíes; lucía un manto de oro puro y en la mano sostenía un látigo que parecía un rayo de sol. La corona de oro que adornaba su cabeza parecía hecha de estrellas celestes, y su vestido había sido confeccionado con delicadas alas de mariposa. Sin embargo, ella misma era todavía más hermosa que sus ropajes.

Cuando Juan la vio, se puso rojo como la sangre y se quedó sin palabras. La princesa era exactamente como la joven de su sueño, el que había tenido junto al lecho de su difunto padre. Le pareció tan hermosa que no pudo evitar enamorarse de ella. Pensó: «Imposible, no puede ser una malvada bruja y que ordene colgar y decapitar a los que no aciertan sus adivinanzas. Cualquiera puede ir a pedir su mano, ¿no?, hasta el último pordiosero. Pues entonces iré al castillo; tengo que ir, lo necesito».

Todos le dijeron que era una locura, pues iba a correr la misma suerte que los demás. Su compañero de viaje también intentó disuadirlo por todos los medios, pero Juan estaba convencido de que todo iba a salir bien. Cepilló concienzudamente su traje y sus zapatos, se lavó a conciencia las manos y la cara, acicaló su bonito pelo rubio y entró en la ciudad, en dirección al castillo.

—Pase —dijo el viejo rey cuando Juan llamó a la puerta.

Juan entró en la habitación y el rey se acercó a él y lo recibió en bata y zapatillas bordadas. Llevaba la corona sobre la cabeza, el cetro en una mano y la esfera de oro en la otra.

—Un momento —dijo mientras colocaba la esfera de oro bajo el brazo para ofrecer la mano a Juan. En cuanto se enteró de que era un nuevo pretendiente se puso a llorar tan convulsivamente que se le cayeron al suelo el cetro y la esfera de oro. Tuvo que enjugarse las lágrimas con la bata. ¡Pobre rey!—. ¡No lo hagas! Vas a tener un final desastroso, como los otros; ven, te voy a enseñar una cosa.

El rey llevó a Juan al jardín de la princesa. ¡Qué horror! De la copa de cada árbol colgaban tres o cuatro príncipes que habían pedido la mano de la princesa pero no habían adivinado sus acertijos. Al soplar el viento, los esqueletos entrechocaban y resonaban. Los pájaros habían huido de allí para siempre. Las plantas se aferraban a los huesos, y en los maceteros había calaveras que sonreían siniestras y rechinaban los dientes. ¡Espantoso jardín para una princesa!

–¿Lo ves? –dijo el rey–. No tendrás mejor suerte que todos éstos. Renuncia a tu empresa, te lo ruego; de lo contrario me harás muy desgraciado. ¡Sufro tanto con estos horrores!

Juan besó la mano del vejo rey y le dijo que no se preocupara, que todo iba a salir bien, pues amaba a la princesa. En ese momento entraba ella con sus damas en el patio del castillo, y fueron los dos a saludarla. Con infinita delicadeza la princesa tendió la mano a Juan, que sintió todavía más amor por ella, y se convenció a sí mismo de que todos se equivocaban al acusarla de ser una bruja malvada. Subieron al gran salón, donde unos pajes vinieron a ofrecerles pastas y confitura, pero el viejo rey estaba tan triste que no pudo comer nada; además, las pastas eran demasiado duras para él. Quedaron en que Juan volvería al castillo al día siguiente y trataría de adivinar el primer acertijo en presencia de los jueces y de todo el consejo. Si salía airoso, tendría que pasar la prueba otras dos veces. Pero hasta ese día nadie había superado ni siquiera la primera prueba: todos los pretendientes habían muerto.

Juan no sentía ni un ápice de preocupación por su suerte. Todo lo contrario, era feliz y sólo podía pensar en la bellísima princesa. Estaba plenamente convencido de que Dios lo ayudaría, pero ¿cómo? Eso no lo sabía y tampoco quería pensarlo mucho. Regresó a la posada, donde lo esperaba su compañero, saltando y bailando sin parar.

Juan no tenía palabras para describir lo amable que había sido la princesa con él y lo increíblemente hermosa que era. Moría de impaciencia por que llegara la mañana y por probar suerte en el castillo. Pero su compañero de viaje meneaba la cabeza con tristeza y decía:

–Sabes que siento un gran afecto por ti; podríamos haber pasado juntos mucho más tiempo, ¡y tengo que perderte justo ahora! ¡Pobre Juan! Tengo unas terribles ganas de llorar, pero no quiero aguarte la fiesta en la que probablemente será la última tarde que pasemos juntos. Venga, alegrémonos. Ya lloraré mañana, cuando te hayas ido.

En la ciudad todo el mundo sabía que había llegado un nuevo pretendiente, y reinaba un ambiente de tristeza. Cerraron los teatros, los pasteleros cubrieron con tela de luto sus cerditos de crema, y el rey y los sacerdotes rezaban arrodillados en la iglesia. La ciudad entera estaba sobrecogida. ¿Lograría Juan tener más éxito que sus predecesores?

Por la tarde, el compañero de viaje preparó un gran cuenco de ponche e invitó a Juan a pasar un buen rato bebiendo a la salud de la princesa. Pero, cuando Juan se hubo bebido dos vasos, la cabeza empezó a darle vueltas sin que pudiera evitarlo, se le cerraron los ojos y se quedó dormido. El compañero de viaje lo levantó con cuidado de la silla y lo acostó en la cama. Luego, entrada la noche, cogió las alas del cisne y se las ató a la espalda; se metió en el bolsillo la vara más larga de las tres que la anciana le había dado, abrió la ventana y salió volando sobre la ciudad. Llegó al castillo de mármol y allí se sentó en un rincón, bajo la ventana del dormitorio de la princesa.

Un profundo silencio reinaba en la ciudad. A las doce menos cuarto de la noche se abrió la ventana, y la princesa, con unas grandes alas negras y envuelta en un gran manto blanco, sobrevoló los tejados de las casas y llegó a la montaña. El compañero de viaje se volvió invisible y fue tras la princesa, dándole mamporros con su vara hasta hacerle sangre. ¡Uf! ¡Menudo viaje fue aquél, surcando los aires! El viento atrapó el manto de la princesa y lo desplegó como si fuera la vela de un barco; la luz de la luna brillaba a través del tejido.

–¡Qué granizada más fuerte! –decía la princesa con cada bastonazo.

Se había ganado a pulso aquella somanta de palos. Por fin llegó a la montaña y llamó a la puerta. Sonó un estruendo parecido al de un trueno y la montaña se abrió. La princesa entró, seguida del compañero de viaje, que seguía siendo invisible.

Cruzaron una larga avenida rodeada de muros que brillaban de forma misteriosa y llegaron a una gran sala toda hecha de oro y plata; flores anchas como el sol, rojas y azules, resplandecían en las paredes, pero nadie podía

131

cogerlas, pues sus tallos no eran otra cosa que serpientes venenosas, y las flores mismas eran en realidad cabezas de serpiente que vomitaban fuego. El techo estaba lleno de gusanos viscosos y de murciélagos de color azul celeste que aleteaban sin parar. ¡Era todo rarísimo! En medio del suelo se alzaba un trono que transportaban cuatro esqueletos de caballos, cuyos arneses eran arañas brillantes. El trono era de cristal blanco como la leche, y montones de ratoncillos negros que se mordían la cola hacían almohadones. Cubría el trono un dosel formado con telaraña roja, provista de encantadoras presas de moscas verdes que brillaban como diamantes. En medio del trono estaba sentado un viejo con una corona sobre su cruel cabeza y un cetro en la mano. Besó a la princesa en la frente, la invitó a sentarse junto a él en el magnífico trono y empezó a sonar la música. Enormes saltamontes tocaban todo tipo de instrumentos..., y el búho, a falta de tambor, hacía resonar su barriga. Era un curioso concierto, desde luego. Por toda la sala bailaban en círculo unos espectros negros, con fuego fatuo sobre sus tocados. Nadie vio al compañero de viaje, que se había colocado detrás del trono y desde allí espiaba y escuchaba todo lo que ocurría. Enseguida entraron los cortesanos. Iban vestidos con ricos ropajes y se daban aires de grandeza. Pero, si alguien se hubiera fijado en ellos más detenidamente sólo un instante, habría descubierto lo que eran en realidad: mangos de escoba con coles a modo de cabeza, a los que el brujo había insuflado vida y vestido con trajes bordados. No hacía falta nada más para desfilar como lo estaban haciendo.

Cuando acabó el baile, la princesa contó al brujo que había llegado un nuevo pretendiente y le pidió consejo sobre la primera adivinanza que debía plantear.

—Si quieres mi opinión —respondió el brujo—, piensa en algo tan simple que no pueda siquiera pasársele por la cabeza. Piensa en uno de tus zapatos: no podrá adivinarlo. Haz que le corten la cabeza, pero sobre todo no olvides, al venir mañana, traerme sus ojos; estoy deseando comérmelos.

La princesa hizo una profunda reverencia y prometió traer los ojos. Después el brujo abrió la montaña otra vez, y ella salió volando, seguida de cerca por el compañero de viaje, que la golpeaba con todas sus fuerzas, y ella se quejaba del granizo que caía. Cuando la princesa entró por la ventana de su dormitorio, el compañero de viaje voló hacia la posada, en la que Juan seguía durmiendo, se quitó las alas y se acostó: ¡motivos no le faltaban para estar tan cansado!

A la mañana siguiente, Juan se despertó temprano. El compañero de viaje también se levantó y le contó que había tenido un sueño curiosísimo con una princesa y un zapato. Por eso le aconsejó a Juan que preguntara a la princesa si no había pensado en un zapato.

—Tanto me da preguntar eso que cualquier otra cosa —dijo Juan—. A lo mejor has acertado con tu sueño, pues estoy convencido de que Dios va a

ayudarme. No obstante, me voy a despedir de ti, por si me equivoco y no vuelvo a verte —y se dieron un abrazo.

Juan volvió a la ciudad y se dirigió al castillo. El gran salón estaba a rebosar de gente. Los jueces se sentaban solemnemente en sus sillones, con almohadones bajo sus cabezas, pues tenían mucho que reflexionar. El viejo rey se levantó y se secó los ojos con un pañuelo blanco. Por fin, la princesa entró en la sala, más bella que el día anterior, hizo un gracioso saludo y, tendiendo su mano a Juan, dijo: «Buenos días, querido».

Juan tenía que adivinar algo que ella había pensado. Ella lo miraba con afecto, pero cuando él pronunció la palabra «zapato» se puso pálida como una tiza y le empezó a temblar todo el cuerpo. Qué más daba: él había acertado.

Por cierto, ¿a que no sabéis quién fue el que más se alegró? ¡Pues el rey! Dio una voltereta con un solo impulso, y todo el mundo aplaudió, tanto a él

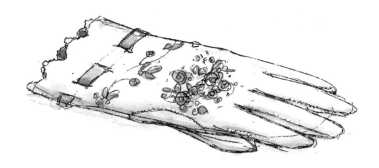

como a Juan. El compañero de viaje también se alegró mucho y dio gracias a Dios, que seguramente seguiría echándoles una mano en las dos pruebas que quedaban. Al día siguiente, Juan debería adivinar el segundo acertijo.

Aquella noche ocurrió lo mismo que la anterior: cuando Juan se quedó dormido, el compañero de viaje siguió a la princesa hasta la montaña y le fue dando mamporros por el camino todavía más fuertes que los primeros, pues esta vez había cogido dos varas. No lo vio nadie, y él en cambio pudo enterarse de todo: la princesa iba a pensar en su guante. Otra vez se lo contó a Juan como si lo hubiera soñado.

Entonces Juan no tuvo ningún problema en adivinar el segundo acertijo, y todo el castillo gritaba de alegría. La corte entera se puso a dar volteretas imitando al rey. Pero la princesa se tumbó en un diván y no quiso pronunciar una sola palabra.

Todo dependía ahora del tercer acertijo. Si volvía a tener éxito, Juan se casaría con la princesa y a la muerte del rey sería el heredero del trono. Pero, si fracasaba, perdería la vida y el brujo se comería sus ojos azules.

La tarde anterior, Juan se acostó temprano, rezó y se durmió plácidamente. Pero su compañero se puso las alas del cisne, se colgó el sable del costado y salió volando hacia el castillo, llevando consigo las tres varas. Hacía una noche espantosa; la tormenta arrancaba las pizarras de los tejados y los árboles del jardín, de los que colgaban esqueletos, se doblegaban como juncos ante la fuerza del viento. Los relámpagos estallaban sin descanso, y durante toda la noche se oyó un único y prolongado trueno. Nuevamente se abrió la ventana y la princesa salió volando. Estaba pálida como la muerte, pero se mofaba del temporal, que aún le parecía demasiado primaveral. Su blanco manto, parecido a una vela de navío, se arremolinaba al viento. El compañero de viaje le daba tales palos con las tres varas, que caían a tierra gotas de sangre, y al final la princesa casi no podía seguir volando. Aun así, llegó a la montaña.

–Qué manera de granizar, ¡y el viento es tan feroz! –dijo la princesa–. Nunca había salido con semejante temporal.

–A veces nos quejamos hasta de las cosas buenas –respondió el brujo.

Ella le contó como Juan había adivinado el segundo enigma. Si triunfaba otra vez al día siguiente, buena la habrían hecho. Ya no podría volver a la montaña ni practicar sus sortilegios, y eso le daba mucha pena.

–Esta vez no podrá acertar –dijo el brujo–, a menos que sea un brujo más poderoso que yo. Mientras tanto, vamos a divertirnos.

Cogió a la princesa por las dos manos y bailaron haciendo círculos con los dos fantasmas y los fuegos fatuos que había con ellos en la estancia. Las arañas rojas daban saltos de alegría en las paredes y las flores parecían echar destellos; el búho tocaba el tambor y el grillo cantaba, y los saltamontes negros hacían resonar sus guimbardas en la boca. ¡Se montó un baile de lo más animado!

Cuando ya habían bailado bastante, la princesa tenía que volver al castillo, para que nadie se diera cuenta de su ausencia. El brujo se ofreció a acompañarla. Volaron a través del temporal y el compañero de viaje aplicó las tres varas sobre las espaldas del brujo y la princesa. Nunca antes el brujo había paseado con un granizo de ese calibre. Cerca del castillo se despidió de la princesa y le susurró: «Piensa en mi cabeza».

Pero el compañero de viaje lo oyó. Cuando la princesa entró por su ventana, él atrapó al brujo por su larga barba negra y le cortó su malvada cabeza por los hombros. Fue todo tan rápido que el brujo no tuvo tiempo de enterarse. El compañero de viaje echó el cuerpo a los peces del lago, pero la cabeza sólo la sumergió en el agua y la envolvió en su pañuelo; luego la llevó a la posada y se fue a acostar.

Al día siguiente le dio el envoltorio a Juan y le dijo que no lo desatara hasta que la princesa le planteara el tercer enigma. Había tal multitud de gente en el salón del castillo que se apiñaban todos unos contra otros, como en una lata de sardinas. Los miembros del consejo estaban sentados en sus cómodos almohadones; el rey se había hecho un traje nuevo y había mandado sacar brillo a la corona y el cetro; pero la princesa estaba lívida. Llevaba puesto un vestido negro, como si estuviera asistiendo a un entierro.

−¿En qué he pensado esta vez? −preguntó a Juan.

Éste desató los nudos del pañuelo y él mismo se quedó estupefacto ante la horrible visión de la cabeza del brujo. Un escalofrío recorrió la sala, y la princesa se quedó de piedra. Cuando por fin se levantó, tendió la mano a Juan, pues había acertado la respuesta y, con la mirada ausente, dio un profundo suspiro.

—Ahora eres mi señor. Celebraremos la boda esta noche.

—¡Por fin! ¡Por fin! —exclamaba el viejo rey.

Todo el pueblo gritó «¡hurra!, ¡hurra!». Resonaron por las calles himnos militares, repicaron las campanas, los pasteleros levantaron el duelo en sus pastelerías. ¡Todo era alegría y felicidad! En la plaza del mercado se asaron tres bueyes enteros, rellenos de patos y pollos, y hubo pitanza para todo el mundo. De las fuentes surtían los vinos más deliciosos, y todo el que compraba una hogaza en la panadería recibía de regalo ¡seis magdalenas de las gordas!

Por la tarde se iluminó toda la ciudad. Los soldados tiraban salvas con los cañones, y los chiquillos lanzaban petardos. En el castillo, todos lo celebraban comiendo, bebiendo, brindando y saltando de alegría. Los caballeros y las bellas cortesanas se unieron al baile; desde lejos se oían sus cantos:

> *¡Cuántas bellas damiselas*
> *danzan al son del tambor!*
> *Es tu turno, bella flor,*
> *de desgastarte las suelas.*

Pero la princesa seguía siendo una bruja y no amaba a Juan. El compañero de viaje no había perdido de vista este dato, y por eso dio a Juan tres plumas de sus alas de cisne y un frasco que contenía unas gotas. Le dijo que sobre el gran tálamo nupcial pusiera un barreño lleno de agua, que echara en él las plumas y las gotas del frasco y que sumergiera en él tres veces a la princesa. Era la única forma de deshacer el hechizo y de conseguir que se enamorara de Juan.

Juan siguió una a una todas las indicaciones de su compañero. La princesa profirió espantosos gritos cuando la hundió en el agua; luchaba por escapar y adoptó la forma de un cisne negro con ojos resplandecientes. En la segunda inmersión, el cisne se volvió blanco, excepto una franja negra que le quedaba alrededor del cuello. Juan rezó al buen Dios y, cuando el ave se hundió en el agua por tercera vez, la princesa dio las gracias a Juan por haber puesto fin al sortilegio.

Al día siguiente, el viejo rey vino a verla, en compañía de toda su corte: el día entero estuvo recibiendo felicitaciones. El compañero de viaje llegó el último, con un bastón en la mano y la mochila a la espalda. Juan le daba mil abrazos, pues no quería dejar que el causante de su felicidad se fuera de su lado. Pero el compañero de viaje meneó la cabeza y dijo con cariño:

–No, ha llegado mi hora. Yo no he hecho más que pagar mi deuda. ¿Recuerdas el muerto aquel a quien dos tipos malvados querían hacer daño? Tú diste todo lo que tenías para que aquel hombre pudiera descansar en paz en su tumba. Yo soy el muerto –y en ese mismo instante desapareció.

Las nupcias duraron un mes entero. Juan y la princesa se amaron con ternura, y el viejo rey vivió feliz durante muchos años con sus nietos, haciéndoles el caballito en sus rodillas y dejándoles el cetro como juguete.

Y tras la muerte del rey, Juan heredó el trono.

* * *
*

Lo que hace el viejo bien hecho está

Voy a contarte una historia que me contaron cuando todavía era un niño. Desde entonces, cuanto más la recuerdo más bonita me parece. Y es que con los cuentos ocurre lo mismo que con los hombres: con la edad van ganando en belleza.

Supongo que habrás ido al campo alguna vez, y que, antes o después, habrás visto alguna de esas casuchas de campesino tan viejas, con el tejado hecho de gruesa paja y cargado de hierbajos y musgos que crecen en él, y con el inevitable nido de cigüeña de toda la vida construido en el caballete del tejado. Las paredes están torcidas a derecha e izquierda, y no hay más que dos o tres ventanas bajas, de las cuales como mucho sólo se puede abrir una. El horno sale de la muralla como una barriga prominente, y del seto sobresale un saúco, bajo cuyas ramas hay una charca a la que van los patos a bañarse. Un perro atado con correa ladra a todo el que pasa por allí.

En una de estas rústicas viviendas vivía una pareja de ancianos, un campesino con su mujer. Aquello era prácticamente todo lo que tenían en la vida, y sin embargo poseían un bien superfluo: un caballo que se alimentaba de la hierba que crecía en las cunetas. Cuando el campesino iba a la ciudad, montaba al animal, y muchas veces se lo prestaba a los vecinos a cambio de algunos servicios. Aun así, seguía pensando que lo más sensato era desprenderse del caballo, venderlo o cambiarlo por un objeto de más utilidad. ¿Como qué, por ejemplo?

–Nadie mejor que tú podrá decidirlo –le dijo su buena mujer–. Hoy es día de feria en la ciudad. Ve con el caballo; seguro que le sacas un buen precio o lo cambias por algo que nos sea más práctico. Lo que tú decidas me parecerá bien, así que ¡en marcha!

Le ató al cuello un buen pañuelo, que sabía arreglarle mejor que él, haciendo un doble nudo muy apañado. Le alisó el sombrero con la palma de la mano y le plantó un sonoro beso. El hombre montó sobre el caballo y se fue a venderlo o a cambiarlo por algo útil. «Sí», se dijo la mujer, «el viejo se las sabe todas; seguro que hace un buen negocio».

El sol ardía en el cielo y no se veía ni una sola nube. El viento levantaba polvo en la carretera, donde circulaban con prisa toda clase de personas en dirección a la ciudad, en carruaje, a caballo o a pie. El calor era sofocante y no se veía posada alguna en varios kilómetros a la redonda.

Entre toda aquella gente iba caminando un hombre que llevaba una vaca al mercado. Era una vaca hermosa, todo lo hermosa que puede ser una vaca. «¡Seguro que da buena leche!», pensó el viejo campesino. «Ése sí que sería un buen cambio; el caballo por la vaca!»

–¡Eh, el de la vaca! Te propongo un negocio. Ya sé que un caballo es más caro que una vaca, pero no me importa, pues una vaca me reportará más beneficios que el caballo. ¿Te gustaría cambiar tu vaca por mi penco?

–¡Ya lo creo! –respondió el hombre, e intercambiaron las bestias.

Negocio concluido. El campesino ya podía volver a casa tranquilamente, pues había zanjado el asunto por el que había emprendido el viaje. Pero se había entusiasmado con lo de la feria, así que decidió ir a la ciudad de todas formas, acompañado por su vaca.

El campesino caminaba a buen ritmo y no tardó en toparse con un individuo que conducía una hermosa oveja, de las que ya no se ven, con un espeso forro de lana. «¡Este animal sí que me vendría bien!», pensó el campesino. «Una oveja podría conseguir toda la hierba que quisiera en nuestros setos.

No haría falta ir muy lejos a buscarle comida. En invierno dormiría con nos-otros en la habitación, y además sería un pasatiempo para mi mujer. Sí, una oveja nos vendría mejor que una vaca.»

—¡Oye, tú! —llamó al dueño de la oveja—. ¿Te gustaría hacer un intercam-bio?

El otro no se lo pensó dos veces y se llevó corriendo la vaca, dejando la oveja a cambio. El campesino siguió andando con su oveja. Pero entonces vio a un hombre que llegaba por un sendero y que traía en sus brazos una oca viva, bien cebada, como se ven pocas hoy en día. Nuestro campesino se quedó completamente prendado de la oca.

—¡Menuda carga llevas ahí! —dijo al caminante—. Extraordinario animal. ¡Qué grasa y qué plumaje! —y pensó: «Si la tuviéramos en casa, apuesto a que la vieja consigue engordarla todavía más. Le daríamos todas nuestras sobras; ¡cómo se pondría! La mujer siempre está diciendo: "Ojalá tuviéramos una oca, ¡qué bien iría con nuestros patos!". Y ahora se me presenta la ocasión de con-seguir una, ¡y encima una que vale por dos!»—. ¡Di, compañero! —dijo en voz alta—. ¿Quieres que hagamos un trueque? Te cambio mi oveja por tu oca. No pido nada más, y encima me harías un favor que no sabría cómo agradecerte.

El otro no se lo pensó dos veces y el viejo campesino pasó a ser dueño de la oca.

Estaba llegando a la ciudad. El gentío era cada vez mayor, y hombres y ani-males andaban en tropel por la carretera. Había gente incluso a las cunetas, a lo largo de los setos, y se atropellaban unos a otros al pasar por la aduana. El recaudador de impuestos tenía una gallina que estaba criando él mismo. Al ver aquella marabunta, ató la gallina con una cuerda para que nadie la pisara y para que no se pudiera escapar. Estaba posada sobre la barrera de entrada a la ciu-dad y movía nerviosa la cola, que tenía medio desplumada; guiñaba los ojos, como una bestia maligna, y decía «cloc, cloc». ¿Estaría pensando en algo? Quién sabe. El caso es que el campesino, en cuanto la vio, se echó a reír y pensó: «¡Desde luego, es la gallina más hermosa que he visto en toda mi vida! Es incluso más hermosa que la clueca del cura. ¡Y mírala ahí, tan tranquila! Qué risa da verla. ¡Dios mío, me encantaría conseguirla! Una gallina es el animal más fácil de criar que hay. Casi no tienes que ocuparte de ella: se alimenta ella sola con semillas y migajas que encuentra por ahí. Creo que si pudiera cambiarla por la oca haría un negocio suculento».

–¿Cambiamos? –propuso al recaudador enseñándole la oca.

–¿Cambiar? ¡Cómo no!

El recaudador tomó la oca, y el campesino se llevó la gallina. Había trajinado mucho en el camino y se sentía acalorado y cansado. Tenía que beber un trago y comer algo. Justo cuando iba a entrar en la posada, salía un chico que llevaba un enorme saco en brazos.

–¿Qué llevas ahí? –le preguntó el campesino.

–Un saco de manzanas pochas que voy a echar a los cerdos.

–¡Cómo! ¡Manzanas pochas a los cerdos! ¡Qué despilfarro! Mi querida mujer aprovecha hasta las manzanas pochas. Le encantaría tener todas esas manzanas. El año pasado, el manzano que tenemos plantado cerca del establo dio una sola manzana; la guardamos en el armario y esperamos a que se pudriera. «Así demostramos que tenemos más de lo que necesitamos», decía mi mujer. ¿Qué no diría si tuviera un saco lleno de ellas? ¡Cuánto me gustaría darle esa alegría!

–Bueno, ¿y qué me da usted a cambio del saco? –preguntó el chico de la posada.

–¿Que qué te doy? ¡Pues esta gallina, qué te voy a dar! ¿O no es suficiente?

Hicieron el cambio en el acto, y el campesino entró en el salón de la posada con su saco, que apoyó con cuidado contra la estufa. Luego fue a la barra. La estufa estaba ardiendo, pero el hombre no se dio cuenta.

La posada estaba llena de gente de todo tipo, de chalanes y boyeros, y había también dos viajeros ingleses. Estos últimos eran ricos caballeros, tan ricos que tenían los bolsillos a rebosar de monedas de oro. ¡Y les encantaba gastarlo en apuestas! Pero tú mismo podrás comprobarlo si lees lo que pasó a continuación.

«¡Shh! ¡Shh!» ¿Qué ruido viene de la estufa? Eran las manzanas, que empezaban a asarse.

–¿Qué ruido es ése? –preguntó uno de los ingleses.

–¡Oh! ¡Mis manzanas! –exclamó el campesino. Entonces contó a los ingleses la historia del caballo que había cambiado por una vaca, y todos los demás trueques hasta las manzanas.

–Buen recibimiento te va a dar tu mujer, cuando te vea entrar en casa con las manzanas. ¡Te va a dar una somanta de palos!

–¿Una somanta? –replicó el campesino a los ingleses–. Os voy a decir lo que hará: me llenará de besos y me dirá: «Lo que hace el viejo bien hecho está».

–¿Hacemos una apuesta? –propusieron los ingleses–. Te apostamos todo el oro que quieras, cien libras, ¡o un quintal!

–Me basta con un celemín –respondió el campesino–. Pero yo sólo puedo apostar mi saco de manzanas, además de mi propia persona y la de mi mujer. Creo que es bastante razonable. ¿Qué os parece, señores?

–¡Trato hecho! –y la apuesta quedó fijada.

Mandaron traer el carro del posadero, al que se subieron los ingleses, y el campesino con ellos. «¡Adelante!», y enseguida llegaron a la casa rústica del campesino.

–Hola, mujer.

–Hola, viejo.

–Ya he hecho el cambio.

–¡Ah! ¡Tú sí que sabes hacer negocios! –dijo la mujer, y lo besó sin reparar en el saco ni en los dos extranjeros.

–He cambiado el caballo por una vaca –prosiguió el campesino.

–¡Bendito sea Dios! Nos dará cantidad de leche, y mantequilla, y queso. ¡Sí que has hecho un buen cambio!

—Sí, sólo que después cambié la vaca por una oveja.

—Pues sí, sí, mucho mejor. Tenemos hierba de sobra para alimentar a una oveja, y también nos dará leche. Y encima con la lana podré tricotar calcetines y chalecos bien calentitos. ¡Y eso no nos lo habría dado una vaca! ¡Estás en todo!

—Pero ahí no acaba la cosa, mujer. Luego cambié la oveja por una oca.

—¡Entonces esta Navidad tendremos una hermosa oca asada para cenar! ¡No se te escapa detalle, viejo mío! ¡Siempre adivinas qué es lo que más me gusta! ¡Qué maravilla! De aquí a Navidad tendremos tiempo para cebarla de lo lindo.

—Es que ya no tengo la oca, porque la cambié por una gallina.

—Una gallina no está nada mal, ni mucho menos —dijo la mujer—. Pone huevos, los incuba, salen pollitos, que se convierten en pollos y que cuando crecen forman todo un corral. ¡Un corral! ¡El sueño de mi vida!

—Pero tampoco tengo ya la gallina, mujer. Cambié la gallina por un saco de manzanas podridas.

—¡Cómo! ¿En serio? ¡Ahora sí déjame que te dé un beso, viejo mío! ¿Te cuento lo que me ha pasado? En cuanto te has ido esta mañana, me he puesto a pensar qué guiso podría yo prepararte para cuando volvieras. Y lo primero que se me ha ocurrido ha sido un plato de huevos con tocino y cebolleta. Huevos ya tenía, tocino también; pero no tenía cebolleta. Entonces voy en frente, a casa del maestro de escuela, que tiene cebolleta en su huerto, y llamo a su mujer; ya sabes lo tacaña que es, a pesar de esa pinta melosa que tiene. Le ruego que me preste un ramito de cebolleta. «¿Prestar?», me dice. «Pero si no nos queda nada en el jardín, ni cebolleta, ni siquiera una miserable manzana podrida». «Ah, vaya, cuánto lo siento, vecina», y he vuelto a casa. Pero mañana iré yo a regalarle unas manzanas pochas, ya que ella no tiene ni una; le daré todo el saco, si quiere. ¡Qué golpe! ¡Qué vergüenza le va a dar! Me relamo de gusto sólo de pensarlo.

Echó los brazos al cuello de su marido y lo acribilló a besos sonoros como los que dan las nodrizas.

—¡Qué bien! ¡Estamos encantados! —dijeron a la vez los dos ingleses—. El negocio iba de mal en peor, pero no se le ha alterado ni un ápice el buen humor. Eso merece un montón de dinero. ¡Ya lo creo!

Dieron un quintal de oro al campesino, que había sido tan bien recibido por su mujer después de tan desastrosos negocios, y el hombre se vio de repente con más dinero que si hubiera vendido no diez, sino treinta veces su caballo.

Pues ésta es la historia que me contaron de pequeño y que me parece un ejemplo de buen gusto y sensatez. Ahora que tú también la conoces, no olvides nunca que «lo que hace el viejo bien hecho está».

•   •   •
    •

Las flores de la pequeña Ida

–Mis pobres flores se han muerto –dijo la pequeña Ida–. ¡Ayer estaban todavía tan hermosas! Ahora, en cambio, sus hojas están mustias. ¿Cómo ha podido ocurrir? –le preguntó al estudiante que estaba sentado en el sofá y que a ella le caía tan bien.

El estudiante contaba historias muy divertidas y hacía recortables de figuritas muy originales, como corazones con figurillas bailando, flores y grandes castillos con puertas que se abrían. ¡Era un estudiante muy divertido!

–¿Por qué mis flores tienen tan mala cara hoy? –preguntó otra vez, señalando el ramillete seco.

–Te voy a decir lo que les ocurre –respondió el estudiante–. Lo que pasa es que tus flores asistieron esta noche a un baile y por eso están tan mustias.

–¡Pero si mis flores no saben bailar! –replicó Ida.

–Sí que saben, en serio –respondió el estudiante–. Por la noche, cuando nosotros nos vamos a dormir, ellas saltan y bailan y se lo pasan pipa.

–¿Y los niños no pueden ir a su baile?

–Sí pueden –respondió el estudiante–; pero los niños del jardín, que son las margaritas y los muguetes chiquititos.

–¿Y dónde bailan las flores? –preguntó la pequeña Ida.

–¿No has salido nunca de la ciudad, cerca del gran castillo al que el rey se traslada en verano? Tiene un jardín magnífico repleto de flores. Supongo que habrás visto los cisnes que se acercan nadando para que les echen migas de pan, ¿no? Pues ahí es donde dan sus famosos bailes.

—Pues yo fui ayer al jardín con mamá y ya no quedaban hojas en los árboles, y no se veía ninguna flor. ¿Dónde se meten? ¡Había tantas este verano!

—Están dentro del castillo —contestó el estudiante—. En cuanto el rey y los cortesanos vuelven a la ciudad, las flores salen rápidamente del jardín y entran en el castillo, y allí llevan una vida de jolgorio. ¡Tendrías que verlo! Las dos rosas más bellas se sientan en el trono y hacen de rey y de reina. Los gallocrestas escarlata se colocan en fila a cada lado y hacen reverencias: son los oficiales de la casa real. Y enseguida llegan las demás flores y celebran un gran baile... Las violetas azules representan a los cadetes de la marina; bailan con los jacintos y los azafranes, a quienes llaman señoritas. Los tulipanes y las azucenas rojas son las viejas damas que se encargan de vigilar que todo el mundo baile con decencia y que no ocurra nada fuera de lo normal.

—Pero ¿nadie regaña a las flores por bailar en el castillo del rey? —preguntó Ida.

—Casi nadie sabe que se montan esas juergas —contestó el estudiante—. Es cierto que a veces, por la noche, llega el viejo intendente para hacer su ronda. Lleva siempre un gran manojo de llaves y, en cuanto las flores oyen el sonido del llavero, se quedan muy quietas, se esconden en las cortinas y sólo asoman la cabeza. El viejo intendente dice: «Huelo a flor por aquí», pero no puede verlas.

—¡Qué maravilla! —dijo la pequeña Ida dando palmas—. ¿Y yo? ¿Puedo ver yo el baile de las flores?

—Tal vez —contestó el estudiante—. La próxima vez que vayas al jardín del rey acuérdate. Mira por la ventana, seguro que las ves. Hoy mismo las he visto yo: había una esbelta azucena amarilla recostada en el sofá; era una dama de la corte.

–¿Y las flores del Jardín Botánico también asisten al baile? ¿Cómo hacen para recorrer ese camino tan largo?

–Pues porque, si quieren, pueden volar –contestó el estudiante–. ¿No has visto muchas veces revolotear esas mariposas rojas, amarillas y blancas? ¿A

que parecen flores? Es porque antes de ser mariposas son flores. Dejan sus tallos y se elevan por los aires; agitan sus hojas como si fueran pequeñas alitas y empiezan a volar. Y como se portan muy bien les dan permiso para volar todo el día, y ya no necesitan quedarse pegadas a sus tallos. Al final las hojas se acaban convirtiendo en alas de verdad. Pero eso lo habrás visto tú misma. Aparte de eso, puede ocurrir perfectamente que algunas flores del Jardín Botánico no hayan ido nunca al jardín del rey, incluso que ignoren que las noches allí son una gran fiesta. Por eso te voy a contar una cosa que va a dejar de piedra a nuestro vecino, el viejo profesor de botánica. Cuando vayas al jardín, dale a una flor la noticia de que se celebra un gran baile en palacio; ella se lo contará a todas las demás y se irán volando hacia allá. Ya verás la cara que pone el profesor cuando vaya al jardín y vea que no queda ni una sola flor; se preguntará sin duda qué ha pasado con ellas.

—¿Y cómo es que una flor se lo puede contar a todas las demás? ¡Las flores no hablan!

—Es verdad —dijo el estudiante—, pero son muy buenas haciendo mimo. ¿No te has fijado en las flores cuando sopla el viento, cómo se inclinan y se hacen gestos con la cabeza? ¿Has visto que todas las hojas verdes se agitan al viento? Son movimientos tan evidentes para ellas como para nosotros lo son las palabras.

—¿Pero el profesor entiende su lenguaje? —preguntó Ida.

—Por supuesto. Un día, estando él en su jardín, vio una gran ortiga que hacía señas con sus hojas a un hermoso clavel rojo. Le estaba diciendo: «¡Qué apuesto eres! ¡Te amo!». Pero el profesor se enfadó mucho y dio un mamporro a las hojas de la ortiga que le servían de dedos. Se picó las manos y, desde entonces, cuando recuerda cómo le escoció la primera vez, ya no se atreve a tocar una ortiga.

—¡Qué risa! —dijo la pequeña Ida, soltando una carcajada.

—¿Cómo se le pueden contar esas cosas a un niño? —dijo un aburrido consejero que había entrado durante la conversación para hacer una visita y que se había sentado en el sofá.

El estudiante le pareció muy tonto y no paró de refunfuñar con cada recortable alegre y chistoso que veía. Primero, un ahorcado en su horca, que sostenía en las manos un corazón que había robado; luego, una bruja montada en una escoba, que llevaba a su marido en la nariz. El consejero no podía soportar aquella burla y repetía todo el tiempo lo que pensaba: «¿Cómo se le pueden contar esas cosas a un niño? ¡No son más que absurdas fantasías!».

Pero Ida escuchaba fascinada las cosas que contaba el estudiante y se quedaba mucho tiempo dándoles vueltas. Las flores tenían la cabeza alicaída porque estaban cansadas de haber bailado toda la noche. Seguramente estarían medio enfermas, así que las llevó junto a sus otros juguetes, que estaban colocados sobre una preciosa mesita con un cajón lleno de cosas bonitas. Allí dormía plácidamente la muñeca Sofía, pero esa noche la pequeña Ida le dijo:

–Despierta, Sofía, hoy tienes que dormir en el cajón. Las pobres flores están enfermas y necesitan tu sitio, a ver si así se ponen buenas.

La pequeña Ida quitó de allí a la muñeca, que parecía muy contrariada por no poder dormir en su cama y que de puro enfado no dijo ni una palabra. La niña colocó las flores en la cama de Sofía, las tapó bien con una mantita y les dijo que fueran buenas y que durmieran bien; ella iba a prepararles un té para que pudieran recobrar su vitalidad y levantarse a la mañana siguiente. Luego corrió las cortinas de la camita para que el sol no les diera en los ojos.

Durante toda la tarde sólo pudo pensar en lo que le había contado el estudiante y, antes de acostarse, se fue a ver las cortinas de las ventanas, donde estaban las magníficas flores de su madre, que eran jacintos y tulipanes, y les dijo muy bajito: «Ya sé que esta noche asistís al baile». Las flores hicieron como que no entendían lo que les decía y no movieron ni una hoja, pero la pequeña Ida conocía su secreto perfectamente.

Cuando se acostó, estuvo largo rato pensando en el placer que debía de ser ver bailar a las flores en el castillo del rey. «¿Habrán ido también mis flores?», pensó, y se quedó dormida.

A medianoche se despertó; había soñado con las flores, con el estudiante y con el consejero que tanto rechistaba. La habitación de Ida estaba en silencio. La lamparita de noche brillaba encima de la mesa, y su padre y su madre estaban durmiendo. «Me gustaría saber si las flores siguen en la cama de Sofía. ¡Voy a comprobarlo!», pensó. Se incorporó y echó una mirada a la puerta entreabierta. Agudizó un poco el oído y le pareció oír que alguien tocaba el piano en el salón, pero tan delicada y suavemente que nunca hasta entonces había oído nada parecido. «¡Eso son las flores que están bailando! ¡Oh, cómo me gustaría verlas!», pensó, pero sin atreverse a salir de la cama, por no despertar a sus padres. «¡Ojalá vinieran a mi cuarto!»

Pero las flores no fueron al cuarto, y la música siguió sonando bajito. Al final no pudo contenerse: era demasiado bonita. Salió de la cama y se fue de puntillas a la puerta, para mirar lo que estaba pasando en el salón. ¡Y lo que vio fue maravilloso! No había lámpara, y sin embargo la sala estaba iluminada. Los rayos de la luna entraban por la ventana y se proyectaban en el suelo; se veía con perfecta claridad, como si fuera de día. Todos los jacintos y los tulipanes se tenían en pie en dos largas filas; no quedaba ni una flor en la ventana y todos los maceteros estaban vacíos. En el suelo, las flores bailaban unas en medio de otras, formando todo tipo de siluetas con los pasos de baile, y se cogían por sus grandes hojas para formar un gran corro. Al piano estaba la gran azucena amarilla, que la pequeña Ida había conocido en verano; recordaba perfectamente que el estudiante le había dicho: «Mira cómo se parece esa azucena a la señorita Carolina».

Todos se habían burlado de él, pero la pequeña Ida quedó plenamente convencida de que aquella gran flor amarilla era clavada a la señorita Carolina. Además tenía las mismas maneras al piano: la flor inclinaba su largo rostro amarillo, primero hacia un lado, luego hacia el otro, y llevaba el compás con la cabeza. En la sala nadie se fijó en la pequeña Ida. La niña enseguida vio un gran azafrán azul que daba saltos en mitad de la mesa donde estaban sus juguetes y que fue a abrir la cortina de la cama de la muñeca, donde Ida había acostado a las flores enfermas; éstas se levantaron inmediatamente y dijeron a las otras, haciendo una señal con la cabeza, que ellas también tenían ganas de bailar. El hombrecito del esenciero, que había perdido el labio inferior, se levantó y dijo un piropo a las bellas flores, que recobraron su buen aspecto y se unieron a las demás la mar de contentas.

De pronto, algo cayó de la mesa; Ida vio la gran vara que saltaba a tierra: ella también parecía querer participar en la fiesta de las flores. Sobre la vara iba sentado un muñeco de cera con un gran sombrero de ala ancha casi idéntico al del consejero. La vara saltó en medio de las flores, apoyada en sus tres zancos rojos, y se puso a marcar el compás con fuerza mientras bailaba una mazurca. Sólo ella era capaz de bailar así, pues las otras flores eran demasiado ligeras y nunca habrían podido hacer tanto ruido con los pies.

De repente, el muñeco de cera que estaba sujeto a la vara se estiró y creció. Entonces se volvió hacia las otras flores y dijo a voz en grito: «¿Cómo se

le pueden contar esas cosas a un niño? ¡No son más que absurdas fantasías!».
El muñeco, con su ancho sombrero, se parecía de forma asombrosa al consejero; tenía la misma tez amarillenta y aquel aspecto de gruñón. Pero sus endebles y largas piernas pagaron por lo que había dicho: las flores se pusieron a darle golpes con tanto ímpetu que de pronto encogió y volvió a ser un muñeco. ¡Qué divertido era todo aquello! La pequeña Ida no podía parar de reírse. La vara siguió bailando y el consejero tuvo que bailar con ella, a pesar de que intentó resistirse con todas sus fuerzas; y unas veces se hacía alto y largo, y otras se volvía del tamaño del muñeco del sombrero negro. Pero al final las otras flores intercedieron por él, sobre todo las que habían salido de la cama de la muñeca; la vara se dejó conmover al ver toda aquella solicitud y dejó tranquilo al muñeco.

Después alguien llamó con fuerza desde el cajón en el que Ida guardaba sus juguetes. El hombre del esenciero se acercó corriendo al borde de la mesa, se tumbó boca abajo y logró abrir el cajón. Sofía se levantó de golpe y miró con cara de sorpresa a su alrededor.

—¡Un baile, aquí! ¿Cómo es que nadie me ha invitado? —preguntó.

—¿Me concedes este baile? —le pidió el hombre del esenciero.

—Sí, hombre, ¡menudo bailarín! —dijo ella dándole la espalda. Fue a sentarse encima del cajón, creyendo que alguna de las flores se acercaría a invitarla a bailar. Pero, por mucho que carraspeaba y que hacía «ejem, ejem», no se le acercó ninguna. El hombre se puso a bailar solo y, la verdad, tenía bastante estilo.

Como ninguna de las flores le hacía caso, Sofía se tiró al suelo y causó un gran estrépito. Todas las flores acudieron a preguntarle si se había hecho daño y le prodigaron muchas atenciones, sobre todo las que habían dormido en su cama. No se había hecho ni un rasguño, y las flores de Ida le dieron las gracias por haberlas dejado dormir en su cama, la llevaron al centro de la habitación, donde brillaba la luz de la luna, y se pusieron a bailar con

ella. Las demás flores hacían corro para verlas. Sofía estaba feliz y les dijo que podrían dormir en su cama cuando quisieran, ya que a ella no le importaba nada acostarse en el cajón. Pero las flores respondieron:

—Te lo agradecemos mucho, pero no vamos a vivir tanto tiempo. Mañana habremos muerto. Dile, sin embargo, a la pequeña Ida que nos entierre allí, en el rincón del jardín donde enterraron al canario, y cuando llegue el verano resucitaremos y seremos mucho más bellas todavía.

—¡No, no os muráis! —dijo Sofía, llenándolas de besos.

En ese mismo instante, se abrió la puerta del salón y entró bailando una multitud de flores magníficas. Ida se preguntó de dónde vendrían. ¡Tenían que ser las flores del jardín del rey! Presidían el cortejo dos rosas deslumbrantes que llevaban sendas coronas de oro en la cabeza: eran el rey y la reina, seguidos de preciosos alhelíes y claveles encantadores, y todos saludaban hacia todos lados. Venían acompañados de una banda de músicos: grandes adormideras y peonías soplaban con tanta fuerza en vainas de guisantes que tenían la cara toda roja; los jacintos azules y los pequeños narcisos de las nieves iban haciendo ellos mismos tanto ruido que parecía que venían cargados de cascabeles. Tocaban una música extraordinaria; todas las demás flores se unieron a la banda que acababa de llegar, y se veía bailar allí violetas, amarantos, paqueretes y margaritas. Se abrazaban unas a otras. ¡Era un espectáculo maravilloso!

Después las flores se dieron las buenas noches, y la pequeña Ida se metió en la cama, donde soñó con todo lo que había visto.

Al día siguiente, lo primero que hizo al levantarse fue ir a ver si las flores seguían allí. Abrió las cortinas de la camita y allí estaban todas, pero aún más secas que el día anterior. Sofía estaba tumbada en el cajón, donde la había dejado, y parecía estar muy cansada.

—¿Recuerdas lo que tenías que decirme? —le preguntó Ida, pero Sofía puso cara de sorpresa y no respondió—. Eres mala. ¡Y eso que estuvieron todo el tiempo bailando contigo! –La pequeña Ida cogió una cajita de papel con dibujos de pajaritos y colocó en ella las flores muertas; luego dijo–: Ya está, ahora tenéis un bonito ataúd. Y luego, cuando vengan mis primos a verme, me ayudarán a enterraros en el jardín, para que el próximo verano resucitéis y seáis todavía más bellas.

Los primitos de Ida eran dos muchachitos que se llamaban Jonás y Adolfo. Su padre les había regalado una ballesta a cada uno y la llevaban con ellos para enseñársela a Ida. La niña les contó la historia de las pobres flores muertas y los invitó al entierro. Los dos niños desfilaron delante con sus dos ballestas a la espalda, y la pequeña Ida los siguió con las flores muertas en el bonito ataúd. Cavaron una pequeña fosa en el jardín; Ida dio un último beso a las flores y depositó el ataúd en la tierra, mientras Adolfo y Jonás tiraban flechas por encima de la tumba, ya que no tenían escopetas ni cañones.

• • •

La Reina de las Nieves
Cuento en siete historias

Primera historia
Que trata del espejo y sus pedazos
• • •

¡Bueno, pues empezamos! Cuando hayamos llegado al final de esta historia, sabréis más que ahora. Allá vamos… Érase una vez un perverso geniecillo, uno de los peores que podamos imaginar; era como el mismísimo diablo. Un día se encontraba de muy buen humor, pues había fabricado un espejo que tenía la facultad de anular casi por completo todo lo bello y lo bueno que se reflejaba en él, mientras que resaltaba con total nitidez lo feo y lo mediocre, e incluso lo empeoraba todavía más. Los más bellos paisajes parecían en él espinacas hervidas y las buenas personas se reflejaban espantosamente feas, o bien su imagen aparecía boca abajo y sin tripa; los rostros quedaban deformados hasta hacerse irreconocibles y, si uno tenía una peca en la cara, ya podía estar seguro de que en el espejo iba a cubrirle la nariz y la boca. Nuestro diablillo encontraba todo aquello divertidísimo. Cuando una idea buena y generosa pasaba por la mente de alguien, surgía en el espejo una risa sarcástica. El diablo de los duendes se desternillaba de risa por su ocurrente invento. Los que iban a la escuela de duendes –pues aquel diablo daba

161

clases a los duendes– contaron por todas partes que había ocurrido un milagro: según ellos, sólo gracias al espejo podía reconocerse el verdadero aspecto del mundo y de los hombres. Recorrieron el planeta con el espejo a cuestas, sin que quedara al final país ni persona alguna que no se hubiera reflejado monstruosamente en él. Entonces se les ocurrió la idea de subir volando al cielo con el espejo para burlarse de los ángeles y de Nuestro Señor. Cuanto más alto subían, más agudas eran las risotadas del espejo, hasta que llegó un momento en que apenas pudieron contenerlo; subían y subían para acercarse a Dios y a los ángeles, y entonces al espejo le dieron unas convulsiones tan violentas que se les escapó de las manos y se estampó contra el suelo. Estalló en cientos de millones, mejor dicho, en cientos de miles de millones de trozos, y provocó así mayor desgracia que antes. Muchos de los trozos eran tan minúsculos como granitos de arena y se esparcieron por todo el mundo; cuando se metían en los ojos de la gente allí se quedaban y hacían que las personas lo vieran todo al revés, o que vieran sólo el lado malo de las cosas, pues cada trocito de espejo había conservado íntegro el poder del espejo entero. Unos fragmentos pequeños del espejo acabaron incrustándose en el corazón de algunas personas, y eso sí que fue verdaderamente trágico, pues el corazón se les convirtió en un bloque de hielo; otros trozos, más grandes, se utilizaron para hacer ventanas, pero no era nada agradable mirar a los amigos a través de esos cristales; y algunos pedazos se usaron para hacer lentes, lo que provocó verdaderos desastres cuando alguien se ponía las gafas para intentar ver mejor y ser justo. El diablillo se retorcía y lloraba de risa, deleitándose de lo lindo con todo aquello. Pero todavía quedaban pedacitos de espejo volando por los aires. ¡Oigamos el resto de la historia!

Segunda historia

UN NIÑO Y UNA NIÑA

• • •

En la gran ciudad, donde hay tantas casas y tanto hormigueo de gente que no queda sitio para que todo el mundo tenga su propio jardín, y donde la mayoría de la gente tiene que conformarse con flores plantadas en tiestos, había no obstante dos niños pobres que tenían un jardín algo más grande que una maceta. No eran hermanos, pero se querían como si lo fueran. Sus padres vivían en sendas buhardillas, una enfrente de la otra. En el lugar donde se unían los tejados de las dos casas vecinas, y por donde el canalón recorría los aleros, había dos ventanucos que se miraban el uno al otro, y bastaba con pasar por encima del canalón para llegar a la ventana de enfrente.

Cada matrimonio tenía delante de su ventana un gran cajón de madera en el que había plantado hierbas que utilizaba para cocinar, así como un rosal; había uno en cada cajón, y los dos crecían espléndidos. Se les ocurrió a las familias colocar los cajones de través encima del canalón, de manera que llegaban casi de una ventana a la otra y formaban una muralla de flores. Los tallos de los guisantes se curvaban sobre las cajas de madera, y los rosales, inclinándose el uno hacia el otro, entrelazaban sus largas ramas alrededor de las ventanas, formado una especie de arco del triunfo de hojas y flores. Los cajones eran muy altos, y los niños no tenían permiso para subirse a ellos, pero sí los dejaban muchas veces pasar un rato juntos, sentados en sus banquetitas bajo los rosales, y allí se divertían de lo lindo.

En invierno no podían disfrutar de esos ratos bajo los cajones de madera. La escarcha cubría casi por completo las ventanas, y entonces los niños se dedicaban a calentar monedas de cobre en la estufa: apoyaban una moneda caliente contra el cristal escarchado y así se fabricaban una mirilla de observación muy, muy redonda. Detrás de la mirilla, en cada ventana, se veía un lindo ojito observando el exterior. Eran los ojitos de los niños. Él se llamaba Kay y ella, Gerda. En verano, de un salto llegaban a casa del otro, pero en invierno tenían que bajar un montón de pisos para luego volver a subirlos. En el exterior se arremolinaba la nieve.

—Son enjambres de abejas blancas –dijo un día la anciana abuela.

—¿Y también tienen reina, como las otras? –preguntó el niño, pues sabía que las auténticas abejas tienen reina.

—¡Ya lo creo! –contestó la abuela–. La reina siempre va entre el grupo de abejas más numeroso. Es la más grande de todas y nunca se posa en el suelo, sino que siempre vuelve a la nube negra. En las noches de invierno, muchas veces cruza las calles de la ciudad y mira por las ventanas, que con las extrañas formas de la escarcha parecen cubiertas de flores.

—¡Sí, sí! ¡Eso lo he visto yo! –dijeron los niños, dando así crédito a las palabras de la abuela.

—¿Y la Reina de las Nieves puede entrar en esta casa? –preguntó la niña.

—¡Que venga! –dijo el niño–. La echaré a la estufa para que se derrita.

Pero la abuela le acarició el pelo y contó otras historias.

Por la tarde, el pequeño Kay, que estaba en casa, medio desvestido, se subió a la silla de la ventana a observar por la mirilla. Fuera caían copos de nieve, y uno de ellos, uno muy gordo, se posó en el borde de uno de los cajones de flores. El copo empezó a crecer ante sus propios ojos hasta convertirse en una dama vestida con finísimos velos blancos que parecían tejidos con millones de copos estrellados. Era muy guapa y elegante, pero de hielo, de un hielo resplandeciente y cegador, y aun así estaba viva. Sus ojos relucían como estrellas, pero no paraban quietos. La dama inclinó la cabeza hacia la ventana y saludó con la mano. El niño se asustó y saltó de la silla, y entonces creyó ver un gran pájaro que pasaba delante de la ventana.

El día siguiente amaneció despejado y gélido, pero más tarde llegó el deshielo, y por fin la primavera: brillaba de nuevo el sol, renació el verde por todas partes, las golondrinas construyeron sus nidos y se abrieron todas las ventanas. Los dos niños volvieron a encontrarse en su jardín colgante, allá en lo alto, sobre el canalón, más arriba del último piso.

Los rosales dieron rosas magníficas aquel verano. La niña había aprendido un salmo que hablaba de rosas que le recordaban a las suyas, y se puso a cantárselo al niño, que lo cantó con ella:

> *En el valle donde florecen mil rosas*
> *al Niño Jesús contamos nuestras cosas.*

Los niños se cogían de la mano, daban besos a los rosales y alzaban la mirada a la luz del sol de Dios, a quien hablaban como si el Niño Jesús hubiera estado con ellos. ¡Qué bonitas estaban las rosas en aquellos días de verano y qué maravilloso tiempo hacía fuera, cerca de aquellos rosales llenos de vida que parecían florecer eternamente!

Un día, Kay y Gerda estaban mirando el libro con imágenes de animales y pájaros cuando —el reloj de la iglesia dio las cinco en punto— Kay exclamó:

–¡Ay! ¡Algo me ha picado en el corazón! ¡Y ahora me acaba de entrar algo en el ojo!

La niña lo sujetó del cuello; Kay pestañeó varias veces, pero la niña no vio nada.

–Me parece que ya se ha ido –dijo él. Pero no se había ido. Era precisamente uno de esos restos de cristal que provenían del espejo, el espejo del geniecillo; recordemos aquel horrible cristal que hacía que cuando te reflejabas en él todo lo bueno y hermoso pareciera feo y diminuto, mientras que destacaba con claridad lo feo y lo malo y resaltaba todos los defectos. El pobre Kay había recibido un golpe en todo el corazón, que no tardaría mucho en convertirse en un bloque de hielo. Aunque ya no le dolía, el trozo de espejo seguía ahí clavado.

–¿Por qué lloras? Qué fea te pones. ¡Si ya no me duele! ¡Bah! –gritó de repente–. ¡Esta rosa está toda comida por los gusanos! Y mira esta otra, tan deforme. La verdad es que son muy feas, ¡igual que los cajones en los que están plantadas! –y dio una patada a la caja y arrancó dos rosas.

–¡Kay, qué haces! –exclamó la niña, y Kay, al ver que estaba tan asustada, arrancó otra rosa y entró en su casa por la ventana, huyendo de la buena de Gerda.

Cuando la niña vino más tarde a buscarlo con el libro de animales, le dijo que eso era un juego de bebés, y cuando la abuela se ponía a contar cuentos siempre tenía algo que replicar. En cuanto podía, se ponía las gafas y empezaba a andar detrás de ella imitándola; era una imitación muy buena, y a la gente le hacía mucha gracia. Pronto Kay aprendió a imitar la forma de hablar y de andar de la gente de la calle. Todo lo que tenían de raro y de desagradable Kay sabía imitarlo, y la gente decía: «Este niño tiene talento», pero en realidad era por culpa del cristal que se le había metido en el ojo y del fragmento que se le había clavado en el corazón; y por eso no paraba de chinchar a la pequeña Gerda, que lo quería con todo su corazón.

Sus ojos se transformaron completamente; se volvieron muy inteligentes. Un día de invierno, mientras caían torbellinos de copos de nieve, cogió una gran lupa, sacó fuera la manga de su chaqueta azul y dejó que se cubriera de copos de nieve.

—¡Mira con la lupa, Gerda! —dijo, y cada uno de los copos se hizo más grande; parecían hermosas flores o estrellas de diez puntas. Aquello era muy bonito.

—¡Mira con qué arte están hechos! —dijo Kay—. Mientras se mantienen congelados, los copos de nieve son perfectamente geométricos, no como las flores, que están llenas de defectos. ¡Los fríos copos son mucho más interesantes que las flores!

Poco tiempo después, Kay llegó con su trineo a la espalda; llevaba puestos unos gruesos guantes.

—¡Me han dejado ir a la plaza a jugar con el trineo, con los demás niños! —le gritó a Gerda al oído, y desapareció.

En la plaza, los niños más atrevidos enganchaban el trineo a los carros de los campesinos y se dejaban arrastrar. Era muy divertido. Cuando estaban en lo mejor del juego, llegó a la plaza un gran trineo. Estaba todo pintado de blanco, y en él había una persona que llevaba un abrigo y un gorro, ambos de piel blanca. El trineo dio dos vueltas a la plaza, y Kay pudo engancharse rápidamente a él con su trineo y dejarse llevar. Iban cada vez a más velocidad, hasta que se metieron por la calle vecina; el conductor se volvió y dirigió a Kay un gesto amistoso con la cabeza, como si se conocieran. Cada vez que Kay intentaba desenganchar su trineo, aquella persona le hacía un gesto con la cabeza y Kay entonces se quedaba sentado. Pero pronto cruzaron la puerta de la ciudad. La nieve empezó a caer con tanta fuerza que el niño no veía nada delante de él; sólo sabía que se deslizaba muy deprisa. Entonces soltó rápidamente la cuerda para desatarse del gran trineo, pero no consiguió nada, pues su pequeño vehículo

estaba bien enganchado y corría tan rápido como el viento. Gritó con todas sus fuerzas, pero nadie podía oírlo; la nieve seguía cayendo a raudales y el trineo se alejaba a toda velocidad. De vez en cuando había una sacudida, como si pasaran por encima de baches o setos. Kay estaba aterrorizado; intentó rezar un padrenuestro, pero lo único que le venía a la cabeza era la tabla de multiplicar.

Los copos, que caían cada vez más espesos, parecían al final enormes gallinas blancas. De pronto el trineo se echó a un lado de la carretera y se detuvo, y la persona que iba conduciendo se levantó. Su abrigo de piel blanca no era sino nieve. Se trataba de una dama alta y esbelta que desprendía un blanco fulgor: era la Reina de las Nieves.

–Hemos recorrido un buen trecho –dijo–. ¡Pero desde luego hace un frío glacial! Ven, acurrúcate en mi abrigo de piel de oso –y sentó al niño a su lado en el trineo; cuando le echó por encima su abrigo de piel, Kay sintió como si se hundiera en un montón de nieve–. ¿Todavía tienes frío? –le preguntó, y le dio un beso en la frente. ¡Oh! ¡Era un beso más frío que el hielo, que le penetró el cuerpo hasta el corazón, y eso que lo tenía ya medio helado. Creyó morir, pero aquella sensación duró sólo un instante; después empezó a encontrarse bien y ya no sentía el frío que lo rodeaba.

–¡Mi trineo! ¡No te dejes mi trineo! –fue lo primero en lo que pensó; y el trineo fue enganchado a una de las gallinas blancas, que fue volando detrás de ellos con el trineo a la espalda.

La Reina de las Nieves dio otro beso a Kay, y éste se olvidó de la pequeña Gerda y de su abuela y de todas las personas de su casa.

–Ya no te daré más besos, pues morirías –le dijo la Reina de las Nieves.

Kay la miró. ¡Era tan bella! No podía imaginar rostro de mayor inteligencia y belleza. Ahora no le parecía que fuera de hielo, como la primera vez que la vio por la ventana, cuando ella lo había saludado. Ahora era perfecta a sus ojos y ya no le tenía miedo. Le contó que sabía hacer cálculos mentales, incluso con fracciones, y que se sabía la superficie de todos los países y su número de habitantes, y ella le sonreía todo el rato. Pero a él le pareció de pronto que no sabía lo suficiente y levantó los ojos al espacio de infinitas dimensiones; ella salió volando con él, muy alto, hacia la nube negra, y la tormenta silbaba y rugía, como si entonara viejas canciones. Volaron por encima de bosques y lagos, de mares y tierras; bajo ellos soplaba el viento frío, aullaban los lobos y brillaba la nieve; las negras cornejas pasaban dando graznidos, pero en lo alto la luna resplandecía, clara e inmensa; Kay pasó aquella larga, larga noche contemplándola. Cuando se hizo de día, dormía plácidamente a los pies de la Reina de las Nieves.

Tercera historia

EL JARDÍN FLORIDO DE LA MUJER QUE SABÍA HACER MAGIA

• • •

¿Qué hizo mientras tanto la pequeña Gerda al ver que Kay no volvía? ¿Dónde se había metido el niño? Nadie lo sabía, nadie podía decir nada. Los chicos contaron simplemente que lo vieron enganchar su trineo a otro grande y lujoso, que se había metido por las calles y había salido por la puerta de la ciudad. Nadie sabía dónde estaba y muchos lloraban; la pequeña Gerda también lloró largo y tendido. Luego se dijo que había muerto, que se había caído al río que pasaba cerca de la ciudad. ¡Oh! ¡Los días de invierno se hicieron inmensamente largos y sombríos!

Después llegó la primavera y el sol empezó a dar más calor.

–¡Kay está muerto y desaparecido! –exclamó la pequeña Gerda.

–No lo creo –dijo el sol.

–Está muerto y desaparecido –le decía la niña a las golondrinas.

—No lo creo —respondieron éstas, hasta que la misma Gerda también terminó por dudarlo.

—Me voy a poner mis zapatos nuevos, los rojos —dijo una mañana—, los que Kay no ha visto nunca, y voy a bajar a preguntarle al río.

Era muy temprano; dio un beso a su abuela, que estaba durmiendo, se puso los zapatos rojos y se dirigió ella sola al río, saliendo por la puerta de la ciudad.

—¿Es verdad que me has robado a mi amiguito? ¡Te regalo mis zapatos rojos si me lo devuelves!

Le pareció que las olas le hacían curiosos gestos; entonces cogió sus dos zapatitos rojos, que era lo que más quería en el mundo, y los tiró al río, pero cayeron muy cerca de la orilla y las olitas los llevaron otra vez hasta ella. Parecía que el río no quisiera aceptar lo que ella más quería en el mundo porque él no se había llevado al pequeño Kay. Pero Gerda creyó que no había lanzado los zapatos lo suficientemente lejos de la orilla y entonces se subió a una barca que había entre los juncos, se fue al extremo de la barca y volvió a lanzar los zapatos. Pero la barca no estaba sujeta y el movimiento de Gerda hizo que se alejara de la orilla. Cuando la niña se dio cuenta, corrió para saltar a tierra, pero antes incluso de que pudiera llegar al otro extremo la barca estaba a varios metros de la orilla y ganaba cada vez más velocidad.

La pequeña Gerda se asustó mucho y se puso a llorar, pero nadie la oyó, salvo los gorriones, pero ellos no podían llevarla a tierra; sólo podían volar a lo largo del juncal cantando para consolarla: «¡Pío, pío, estamos contigo! ¡Pío, pío, estamos contigo!». La barca era arrastrada por la corriente; la pequeña Gerda se quedó completamente quieta; en los pies sólo llevaba puestos sus calcetines, pues sus zapatos rojos iban flotando detrás, pero no podían alcanzar a la barca, que avanzaba cada vez más deprisa.

El paisaje a los dos lados del río era muy hermoso, con bonitas flores, árboles longevos y laderas donde pastaban ovejas y vacas, pero no se veía un solo ser humano.

«A lo mejor el río me lleva hasta el pequeño Kay», pensó Gerda, y eso la animó un poco. Se levantó y pasó largas horas contemplando las orillas llenas de hierbas y flores. Llegó por fin a un gran huerto plantado de cerezos. En él había una casita con unas curiosas ventanas rojas y azules y el tejado de paja; en la parte de delante, dos soldados de madera presentaban armas a todos los que pasaban en barco.

Gerda los llamó, creyendo que estaban vivos, pero lógicamente no recibió ninguna respuesta. Llegó muy cerca de ellos, pues la corriente empujaba la barca hacia la orilla.

Gerda gritó más fuerte todavía y una mujer muy, muy vieja salió de la casa apoyándose en un bastón provisto de un gancho. Llevaba un sombrero para protegerse del sol, muy ancho y decorado con dibujos de preciosas flores.

—Pobre niña —dijo la anciana—. ¿Cómo has llegado hasta aquí así, tú sola, por la rápida corriente del río? ¿Cómo es que te has dejado arrastrar así por el ancho mundo? —la anciana se metió en el río y enganchó su bastón a la barca; tiró hacia dentro y ayudó a salir a la pequeña Gerda.

Gerda se puso muy contenta de pisar tierra firme, pero tenía miedo de la anciana, a quien no conocía de nada.

—Ven a contarme cómo has llegado hasta aquí —le dijo la anciana, y Gerda le empezó a contar todo.

La anciana meneaba la cabeza diciendo: «¡Hum! ¡Hum!», y cuando Gerda terminó su relato y le preguntó si no había visto al pequeño Kay, la anciana señora le dijo que todavía no había pasado por allí, pero que seguramente iba a pasar antes o después. Le pidió que no se pusiera triste, que probara las cerezas y que contemplara las flores; eran más hermosas que las de cualquier libro de imágenes, y cada una de ellas se sabía una historia distinta. Entonces la anciana cogió a Gerda de la mano, entraron juntas en la casita y la mujer cerró la puerta.

Las ventanas estaban construidas muy en lo alto y tenían cristales rojos, azules y amarillos. La luz del día adquiría en la casa tonalidades extrañas, pero encima de la mesa había unas cerezas exquisitas, y Gerda comió hasta hartarse, pues le habían dado permiso. Mientras comía, la anciana le peinaba el cabello con un peine de oro y sus lindos rizos rubios reflejaban un precioso resplandor amarillo alrededor de su linda carita, que era muy redonda y que parecía una rosa.

—Siempre he deseado tener una nieta guapa como tú —dijo la anciana—. Verás como nos llevamos muy bien tú y yo.

Y a medida que peinaba el pelo de Gerda la niña se iba olvidando del pequeño Kay, que era como un hermano para ella, pues aquella mujer sabía ejercer la magia, pero no era una bruja mala, sino que sólo hacía un poco de magia por su interés personal, y ahora se le había antojado quedarse con la pequeña Gerda. Por eso salió al jardín, tendió su bastón ganchudo hacia los rosales y todos ellos, incluso los que estaban cargados de las flores más bellas, desaparecieron bajo la negra tierra sin dejar ni rastro. La anciana temía que al ver las rosas la niña recordara a su familia y a Kay, y que le diera por escapar.

Luego llevó a Gerda al jardín florido. ¡Oh! ¡Qué lugar tan aromático y tan embriagador! Todas las flores que podamos imaginar, de cualquier estación del año, estaban allí en plena floración. Ningún libro de imágenes del mundo habría podido ser tan colorido ni tan bonito. Gerda se puso a dar saltos de alegría y jugó hasta que se escondió el sol tras los cerezos. La anciana le preparó una mullida camita con almohadones de seda roja y dibujos de violetas azules, y la niña se quedó dormida y tuvo sueños tan dulces como los de una reina el día de su boda.

Al día siguiente, Gerda pudo jugar otra vez con las flores bajo los cálidos rayos del sol. Y así pasaron muchos días. La niña conocía todas las flores pero, a pesar de ser incontables, le parecía que le faltaba una, aunque no sabía decir cuál.

Pero un día Gerda estaba mirando el sombrero de la anciana cuando descubrió en él una rosa, que era precisamente la flor más bella de todas las que estaban pintadas en el sombrero. La anciana se había olvidado de quitarla cuando había hecho desaparecer todas las otras rosas bajo tierra. ¡Eso es lo que ocurre cuando uno es despistado! «¡Cómo! ¡Aquí no hay rosas!», dijo la niña, y se fue corriendo de parterre en parterre, y por más que buscó no encontró ninguna. Entonces se sentó en el suelo y rompió a llorar, y sus lágrimas ardientes cayeron justamente en el lugar donde se había hundido el rosal; cuando las cálidas lágrimas regaron la tierra, el arbusto emergió de repente, cargado de tantas flores como tenía cuando desapareció. Gerda lo rodeó con sus brazos, dio mil besos a las rosas y recordó las bellas rosas de su casa, y recordó también a Kay.

–¡Oh! ¡Cuánto me he retrasado! –dijo la niña–. En realidad yo había salido en busca de Kay. ¿No sabéis dónde está? –preguntó a las rosas–. ¿Creéis que ha podido morir y desaparecer?

–No ha muerto –respondieron las rosas–, pues nosotras hemos estado bajo tierra, que es donde yacen los muertos, ¡y Kay no estaba entre ellos!

–¡Gracias! –dijo la pequeña Gerda; se fue hacia las otras flores, miró el interior de sus cálices y les preguntó–: ¿Sabéis dónde está el pequeño Kay?

Pero cada una de ellas estaba tomando el sol y pensando en su propio cuento o en su propia historia, y Gerda tuvo que escuchar un montón de cuentos y de historias, pero ninguna de las flores sabía nada de Kay.

¿Qué dice la azucena roja?

–¿No oyes el tambor? ¡Bum, bum! Sólo toca dos notas, siempre las mismas: ¡bum, bum! ¡Escucha el lamento de las plañideras! ¡Escucha cómo invocan los sacerdotes! Envuelta en su largo vestido rojo, la mujer hindú está de pie encima de la hoguera y las llamas se elevan alrededor de ella y de su marido muerto. Pero en el círculo que la rodea la mujer hindú está pensando en el hombre vivo, aquel cuyos ojos de fuego arden más que las llamas, aquel cuya mirada de fuego quema su corazón más que las llamas que están a punto de reducir su cuerpo a cenizas. ¿Puede la llama del corazón perecer entre las llamas de una hoguera?

–¡No entiendo nada de nada! –dijo la pequeña Gerda.

–¡Es mi cuento! –replicó la azucena amarilla.

¿Y qué dice la enredadera?

–Sobre el angosto sendero de montaña se eleva una vieja fortaleza; la espesa hiedra trepa por los viejos muros rojizos, hoja a hoja, y se extiende hasta el balcón donde se asoma una hermosa doncella, que se apoya en la barandilla y vigila el sendero. No hay rosa en el tallo más fresca que ella y es más ligera que la flor de manzano que el viento arranca. ¡Cómo recruje su hermosísimo vestido de seda! «¿Acaso no vendrá...?».

–¿Te refieres a Kay? –le preguntó la pequeña Gerda.

–Sólo me refiero a mi cuento, a mi sueño –contestó la enredadera.

¿Qué dice el narciso de las nieves?

–Entre los árboles, un ancho tablón cuelga suspendido de las ramas con cuerdas; es un columpio. Dos niñas encantadoras –sus vestiditos son blancos como la nieve, y en sus sombreros flotan largas cintas de seda verdes– se están columpiando. Su hermano, que es mayor que ellas, está de pie en el columpio y rodea la cuerda por el codo para sujetarse, pues en una mano tiene una pequeña copa y en la otra una pipa de barro con la que hace pompas de jabón. El columpio va y viene, y las pompas flotan en el aire con sus reflejos irisados; la última se ha quedado enganchada al tubo de la pipa; el columpio va y viene. Ligero como las pompas, el perrito negro se levanta sobre sus dos patas traseras e intenta subir al columpio, pero el columpio vuela y vuela. El perro se cae, ladra y se enfada. Se burlan de él, las pompas explotan... Un tablero que se balancea, una imagen de espuma que se deshace, ¡ésta es mi canción!

–Todo eso que dices es muy bonito, pero lo cuentas con un tono muy triste y no hablas para nada del pequeño Kay. ¿Qué decís vosotros, jacintos?

–Había una vez tres lindas hermanas que eran delicadas y transparentes. Una llevaba un vestido rojo, la otra, azul, y la tercera un vestido todo blanco. Bailaban cogidas de la mano cerca del apacible lago a la luz de la luna. No eran elfos, sino hijas de humanos. El aire transportaba un aroma exquisito, y las jóvenes desaparecieron en el bosque. El perfume se hizo cada vez más intenso; de la maleza surgieron tres ataúdes, en los que yacían las encantadoras jovencitas, y flotaron por encima del lago. Estaban cubiertos de gusanos viscosos que parecían lucecillas vacilantes. ¿Acaso se han dormido las jovencitas después de su baile, o es que están muertas? El perfume de las flores indica que son cadáveres; la campana de la tarde toca a muerto.

–Me da mucha pena –dijo la pequeña Gerda–. Tu perfume es tan intenso... No puedo quitarme de la cabeza a las jóvenes muertas. ¡Qué lástima! ¿El pequeño Kay también ha muerto? ¡Las rosas estuvieron bajo tierra y dicen que no!

–¡Ding, dong! –sonaron las campanillas de los jacintos–. No sonamos por el pequeño Kay, pues no lo conocemos. Simplemente cantamos nuestra canción, ¡que es la única que nos sabemos!

Gerda se fue a ver al botón de oro que brillaba en medio de las hojas verdes y relucientes.

–¡Eres como un pequeño y luminoso sol! –dijo Gerda–. Dime si sabes dónde puedo encontrar a mi querido amigo.

El botón de oro tenía un brillo encantador y miraba a Gerda. ¿Qué canción podía cantar el botón de oro? Tampoco ésta hablaba de Kay.

–En un pequeño patio, el sol de Nuestro Señor brillaba en el cielo y calentaba la atmósfera. Sus rayos rozaban el muro blanco del vecino. Al lado crecían las primeras flores amarillas como el oro, que relucían bajo los rayos cálidos del sol. La anciana abuela estaba sentada fuera, en su silla, y su nieta, la pobre y bonita sirvienta, vino a hacerle una visita corta. Saludó a su abuela con un beso. Había oro en aquel beso, el oro que proviene del corazón. Labios de oro, corazón de oro, ¡el sol levanta el vuelo! Ésta es mi historia –dijo el botón de oro.

–¡Mi pobre abuela! –suspiró Gerda–. Estará deseando volver a verme, estará muy triste por mi culpa, igual que estaba triste por el pequeño Kay. Pero pronto volveré a casa y traeré a Kay de vuelta. De nada me sirve interrogar a las flores, pues sólo se saben su canción y no dan ninguna pista.

Entonces se arremangó el vestido para poder correr más deprisa, pero el narciso le hizo una zancadilla justo cuando iba a saltar por encima de él. La pequeña se paró, miró a la esbelta flor amarilla y le preguntó:

–¿Quizá tú sabes algo? –y se agachó a la altura del narciso.

¿Qué pudo éste decirle?

–¡Me veo a mí mismo! ¡Me veo a mí mismo! –dijo el narciso–. ¡Qué bien huelo! En lo alto, en la buhardilla, hay una bailarina medio desnuda; a veces se sostiene sobre una pierna, a veces sobre las dos, y de una patada rechaza al mundo entero, pero no es más que una alucinación. Vierte agua con la tetera en uno de sus vestidos; es un corsé –¡todo tiene que estar muy limpio!–. El vestido blanco está colgado en la percha, lo ha lavado con la tetera y secado sobre el tejado. La joven se lo pone; al cuello se echa una bufanda de color amarillo azafrán, que resalta todavía más el blanco del vestido. ¡La pierna en alto! ¡Mírala erguida sobre su tallo! ¡Me veo a mí mismo! ¡Me veo a mí mismo!

–¡Qué me importa a mí todo eso! –dijo Gerda–. No sé para qué me lo cuentas –y se fue corriendo hasta el final del jardín.

La puerta estaba cerrada, pero Gerda forzó la cerradura oxidada y se abrió bruscamente. La niña siguió corriendo descalza por el mundo. Miró atrás hasta tres veces, pero nadie la seguía. Corrió y corrió, hasta que por fin tuvo que detenerse y sentarse sobre una gran piedra. Cuando miró a su alrededor había transcurrido el verano y el otoño estaba ya muy avanzado. En aquel hermoso jardín uno no podía darse cuenta del paso del tiempo, pues en él siempre brillaba el sol y crecían flores de todas las estaciones.

–¡Dios mío, cómo me he retrasado! –exclamó la pequeña Gerda–. ¡Ya estamos en otoño! ¡No tengo tiempo para descansar! –y se levantó para seguir su camino.

¡Oh! ¡Cómo le dolían los piececitos, que tenía magullados! Todo a su alrededor estaba frío y húmedo; las largas hojas de los sauces estaban amarillas y, al tocarlas, la niebla se condensaba y caía el rocío gota a gota. Las hojas caían unas tras otras; sólo el endrino conservaba sus frutos, que eran tan ásperos que te desgarraban la lengua. ¡Qué gris y sombrío era el ancho mundo!

Cuarta historia

UN PRÍNCIPE Y UNA PRINCESA

• • •

Gerda tuvo que pararse de nuevo para descansar. Esta vez, justo enfrente del lugar en el que se había sentado, vio una corneja que daba saltitos en la nieve. El pájaro se quedó largo rato mirando a la niña y meneando la cabeza, hasta que por fin dijo: «Croa, croa. ¿Qué tal? ¿Qué tal?». No hablaba muy bien, pero se notaba que tenía ganas de entablar conversación. Cuando le preguntó a Gerda qué hacía viajando sola por el mundo, la niña entendió bien la palabra «sola», pues sentía perfectamente todo lo que esa palabra significaba. Así que le contó su vida a la corneja y le preguntó si había visto a Kay.

La corneja respondió meneando la cabeza con gesto reflexivo:

—Tal vez, tal vez.

—¿En serio? —exclamó la niña, que abrazó tan fuerte a la corneja que casi la deja sin respiración.

181

–¡Tranquila, tranquila! –dijo la corneja–. Digo que tal vez fuera el pequeño Kay. ¡Pero yo creo que ya te ha olvidado, ahora que está al lado de su princesa!

–¿Vive con una princesa? –preguntó Gerda.

–¡Sí! Escucha –dijo la corneja–. ¡Ay!, pero me cuesta mucho hablar en tu idioma. Si comprendieras el idioma de los graznidos, podría contarte todo con mayor claridad.

–¡No me lo han enseñado! –dijo Gerda–, pero mi abuela sí que sabe dar graznidos, sobre todo cuando habla con las vecinas, y también sabe hablar el idioma de la pe. ¡Ojalá yo hubiera aprendido a graznar!

–No importa –dijo la corneja–, te voy a contar lo que sé lo mejor que pueda, pero de todas formas no serán buenas noticias –y le contó lo que sabía–: En el reino donde nos encontramos ahora vive una princesa de una inteligencia prodigiosa. Tal es así, que se ha leído todos los periódicos que existen en el mundo y luego los ha olvidado; fíjate si es inteligente. Hace algún tiempo estaba sentada en su trono, lo que por lo visto no es un pasatiempo muy divertido, y se puso a tararear una canción, ésa que dice: «¿Por qué no me habría de casar?». «¡Mira! ¡Algo en que pensar!», se dijo, y le entraron ganas de casarse, pero con un marido que supiera contestar cuando ella le hablara, no uno que se quede ahí pasmado, luciendo su porte distinguido, pues sería un aburrimiento. Entonces llamó a todas las damas de la corte; cuando éstas se enteraron de lo que quería se pusieron muy contentas. «¡Qué bien!», exclamaron. «Yo misma lo pensé hace poco». Te aseguro que cada palabra que sale de mi boca es verdad. Me lo ha contado mi novia, que está domesticada y puede volar libremente por todo el palacio –dijo la corneja. Su novia era también una corneja, lógicamente, pues cada oveja con su pareja, y qué mejor pareja para una corneja que otra corneja.

Los periódicos salieron publicados enseguida cargados de corazones y con las iniciales de la princesa por todas partes. En ellos se decía que cualquier muchacho apuesto y bien parecido podía presentarse en el castillo para tener una charla con la princesa, y al que demostrara con su conversación que se

encontraba a sus anchas en aquel ambiente, al que fuera más elocuente, la princesa lo haría su esposo. Fue así, de verdad, tan verdad como que estoy ahora mismo plantada delante de ti. La gente acudió de todas partes, metiéndose prisa y pegándose empujones, pero sin ningún resultado los dos primeros días. Los jóvenes hablaban bastante bien, siempre y cuando se quedaran en la calle, pues, en cuanto traspasaban la puerta de palacio y veían a los guardias con sus uniformes plateados y a los lacayos con sus libreas doradas dispuestos en la gran escalinata y aquellos salones tan iluminados, se quedaban desconcertados. Y, cuando llegaban ante el trono donde los esperaba sentada la princesa, no sabían hacer otra cosa más que repetir la última palabra que dijera la princesa, y a ella no le apetecía nada volver a escuchar sus propias palabras. Parecía que todos esos hombres hubieran tragado cantidad de rapé, y una especie de boba torpeza se apoderaba de ellos hasta que volvían a la calle; sólo entonces recuperaban el habla. Había una larga cola de gente esperando desde la entrada de la ciudad hasta el castillo. ¡La vi con mis propios ojos! Al final les entraba hambre y sed, pero el personal de palacio no les servía ni un vaso de agua tibia. Cierto es que algunos, más avispados, se habían llevado su almuerzo, pero no lo compartían con nadie, pues pensaban: «Si llega ante la princesa muerto de hambre, ella no querrá ni verlo».

—Pero ¿y Kay, el pequeño Kay? —preguntó Gerda—. ¿Cuándo llegó? ¿Estaba él entre la multitud?

—¡Espera! Ahora precisamente llegamos a él. El tercer día vieron llegar un hombrecito sin caballo ni carruaje que iba andando hacia el castillo con paso firme. Sus ojos brillaban como los tuyos y tenía el pelo largo y rubio, pero llevaba puestas ropas muy pobres.

—¡Era Kay! —Gerda soltó un grito de alegría—. ¡Lo he encontrado! —exclamó dando palmas.

—¡Y tenía una mochila a la espalda! —prosiguió la corneja.

—No, debía de ser su trineo —dijo Gerda—, pues cuando desapareció llevaba a la espalda su trineo.

—Sí, puede ser —dijo la corneja—, no lo vi de cerca. Pero lo que sí sé por mi novia domesticada es que cuando cruzó el umbral de la puerta de palacio no quedó intimidado en absoluto por los guardias con uniformes plateados ni por los lacayos en librea dorada de la escalinata. Los saludó con un gesto de cabeza y les dijo: «¡Qué aburrimiento quedarse ahí esperando en la escalera! Prefiero entrar». Los salones estaban inundados de luz; consejeros privados y nobles andaban descalzos por los salones y llevaban bandejas de oro. ¡Había de qué quedar impresionado, desde luego! Sus botas crujían con gran estrépito, ¡y aun así no tenía ningún miedo!

—Seguro que es Kay —dijo la pequeña Gerda—, sé que llevaba puestas sus botas nuevas, y las he oído crujir en casa de mi abuela.

—¡Pues crujían de lo lindo! —dijo la corneja—. Llegó muy decidido hasta la princesa, que estaba sentada sobre una perla del tamaño de una rueda de torno; y por todas partes andaban las damas de la corte con sus sirvientas y las sirvientas de sus sirvientas, así como los caballeros con sus criados y los criados de sus criados, que a su vez tenían su propio mozo. Cuanto más cerca estaban de la puerta, más arrogantes parecían. El mozo de un criado de criado siempre va en zapatillas y tiene una pinta tan arrogante ahí, junto a la puerta, ¡que casi nadie se atreve a mirarlo!

–Debe de ser horrible –dijo la pequeña Gerda–. ¿Y aun así Kay logró ver a la princesa?

–Si yo no fuera corneja, ya la habría pescado, aunque esté prometido con mi novia. Por lo visto este muchacho se expresó tan bien como yo cuando hablo en mi lengua de graznidos; me lo contó mi novia domesticada. Parecía muy seguro de sí mismo y era encantador. No había venido para pedir su mano, sino sólo para admirar la inteligencia de la princesa, y quedó muy satisfecho, y la princesa también, por cierto.

–¡Está claro que es Kay! –dijo Gerda–. Era muy inteligente. ¡Sabía hacer cálculos mentales con fracciones! ¿No podrías llevarme a palacio?

–Eso es muy fácil de decir –respondió la corneja–. Pero ¿cómo lo haremos? Voy a ver a mi novia domesticada; seguro que ella puede darnos un buen consejo. Pues has de saber que normalmente una niña pequeña como tú no está autorizada a entrar.

–Bueno, ¿y qué?, conseguiré que me dejen –dijo Gerda–. ¡En cuanto Kay me oiga vendrá corriendo a buscarme!

–Espérame en la tapia –dijo la corneja, que sacudió la cabeza y salió volando.

Ya era de noche cuando regresó la corneja.

–«¡Croa, croa!» –dijo–. Te traigo recuerdos de mi novia, y aquí tienes un panecillo; lo ha robado de la cocina, pues allí hay un montón y debes de tener hambre. No puedes entrar en el castillo, porque estás descalza: los guardias de uniforme plateado y los lacayos de librea dorada no te dejarían pasar. Pero no llores, que vas a ir de todas formas. Mi novia conoce una escalera secreta que lleva al dormitorio, ¡y ella sabe dónde encontrar la llave!

Entonces entraron en el jardín, siguieron por la gran avenida, donde las hojas caían unas tras otras, y, cuando las luces del palacio se apagaron, también una tras otra, la corneja condujo a Gerda hasta la puerta trasera, que estaba entreabierta.

¡Oh! ¡Cómo le palpitaba el corazón de miedo y de impaciencia! Parecía como si estuviera a punto de cometer un acto malo, cuando en realidad sólo quería saber si aquel personaje era el pequeño Kay. Sí, tenía que ser él. Recordó con fuerza su mirada viva, su pelo largo, y lo veía sonreír como cuando estaban juntos en casa, bajo los rosales. Iba a ponerse muy contento cuando la viera, cuando se enterara del largo camino que había recorrido por él y cuando supiera lo tristes que se quedaron todos en casa al ver que no volvía. ¡Sentía una mezcla de miedo y alegría!

Por fin llegaron a la escalera. Encima de una cómoda ardía una lámpara. La corneja domesticada los esperaba posada en el suelo y giraba la cabeza hacia todos lados. Miró a Gerda y ésta, tal y como le había enseñado su abuela, le hizo una reverencia.

—Mi novio me ha hablado muy bien de ti, querida niña —dijo la corneja domesticada—, y tu currículum, como suele decirse ahora, ¡es conmovedor! Coge la lámpara, que yo iré delante. Andaremos todo recto y así no nos cruzaremos con nadie.

—Me parece que oigo pasos detrás de nosotros —dijo Gerda, y notó que algo la rozaba; se veían en la pared una especie de sombras con formas de caballos con esbeltas patas y con las crines flotando al viento, y jóvenes cazadores, y jinetes y amazonas.

—Son sólo sueños —dijo la corneja—, que vienen a buscar los pensamientos del príncipe y la princesa para llevarlos de caza. Muy bien, pues así podrás mirarlos más fácilmente mientras duermen en sus camas. Si alguna vez eres

elevada a un alto rango, ¡espero que sepas acordarte de lo que estoy haciendo por ti!

–¡No digas esas cosas! –dijo la corneja del bosque.

Entraron en la primera sala, cuyas paredes estaban tapizadas de satén rosa bordado de flores. Los sueños los adelantaron, pero pasaron tan rápido que Gerda no tuvo tiempo de ver a los príncipes. Iban atravesando salas y más salas, cada cual más hermosa que la anterior, y había motivo para quedarse sobrecogido. Por fin llegaron al dormitorio. El techo parecía una gran palmera de hojas de cristal, de un cristal precioso, y en medio de la estancia había dos camas suspendidas sobre un gran tallo de oro. Parecían azucenas: una era blanca, y en ella descansaba la princesa; la otra era roja, y en ella Gerda debía buscar al pequeño Kay. Retiró uno de los pétalos rojos y vio una nuca morena. ¡Era Kay! Gritó su nombre y acercó la lámpara... Entonces los sueños volvieron a la habitación al galope... El joven se despertó, giró la cabeza y... no era el pequeño Kay.

El príncipe sólo se le parecía por la nuca, pero era joven y apuesto. La princesa sacó la cabeza de su camita en forma de azucena blanca y preguntó qué estaba pasando. Entonces la pequeña Gerda se puso a llorar y contó toda su historia y todo lo que las cornejas habían hecho por ella.

–¡Pobre pequeña! –dijeron los príncipes, que felicitaron a las cornejas y dijeron que no les guardaban ningún rencor, pero que de todas formas no volvieran a hacer algo así. Incluso iban a darles una recompensa–. ¿Qué preferís: volar en libertad donde más os plazca, o quedar contratadas definitivamente como cornejas de la corte, con la posibilidad de tener acceso a todas las sobras de la cocina?

Las dos cornejas hicieron una reverencia y pidieron quedar contratadas para siempre, pues pensaban en su vejez y creían que tenían que empezar a pensar en su «jubilación», como ellas decían.

El príncipe salió de su cama y dejó a la pequeña Gerda dormir en ella; más no podía hacer por ella. La niña juntó sus manitas y pensó: «¡Qué buenos son los hombres y los animales!», y luego cerró los ojos y se quedó plácidamente dormida. Los sueños acudieron deprisa; esta vez se parecían a ángeles de Dios y tiraban de un trineo en el que estaba Kay sentado y saludándola con la cabeza. Pero no eran más que sueños, y se esfumaron en cuanto despertó.

Al día siguiente la engalanaron de pies a cabeza con vestidos de seda y terciopelo. Le ofrecieron quedarse en el castillo y pasar con ellos días felices, pero ella sólo pidió un pequeño carruaje con un caballo y un par de zapatos. Quería volver a recorrer el ancho mundo en busca de Kay.

Entonces le dieron unas botas y un manguito; le pusieron los preciosos vestidos y, cuando Gerda se disponía a salir, una carroza de oro puro nueva se paró delante de la puerta. En ella brillaba como una estrella el escudo de los príncipes. El cochero, los criados y los postillones –pues no faltaban los postillones– lucían libreas bordadas con coronas de oro. El príncipe y la princesa en persona la ayudaron a subir al coche y le desearon toda la felicidad del mundo.

La corneja del bosque, que ahora estaba casada, la acompañó durante las tres primeras leguas; se sentó a su lado, pues no soportaba ir sentada en sentido contrario a la marcha. La otra corneja se posó en la puerta de la ciudad y la despidió dando aleteos; no fue con ellos porque le dolía la cabeza, pues desde que la contrataran en palacio había comido mucho. El interior de la carroza estaba todo tapizado de galletitas crujientes y el asiento rebosaba de frutas y rosquillas de alajú.

«¡Adiós, adiós!», gritaron los príncipes, y la pequeña Gerda lloró; la corneja también lloró, y así recorrieron las tres primeras leguas. Entonces le tocó a la corneja despedirse, y aquella fue la separación más difícil. El pájaro se fue volando a un árbol y batió sus negras alas mientras perdía de vista la carroza, que resplandecía en el cielo como el sol.

Quinta historia

LA HIJA DE BANDOLEROS

• • •

Mientras cruzaban el oscuro bosque, la carroza brillaba como una antorcha y deslumbraba a los bandoleros, que no podían soportar aquel fulgor. «¡Oro! ¡Oro!», gritaron. Se precipitaron sobre ella, detuvieron los caballos, mataron a los postillones, al cochero y a los criados y sacaron brutalmente a la pequeña Gerda fuera del coche.

—¡Qué rellenita y qué guapa! ¡La han engordado con nueces! —dijo la vieja bandolera, que tenía una larga barba enmarañada y unas cejas que le caían por delante de los ojos—. ¡Tan hermosa como un esponjoso corderito! ¡Menudo festín vamos a darnos! —y sacó un reluciente cuchillo que tenía un brillo aterrador—. ¡Ay! —gritó de pronto la arpía. La acababa de morder en la oreja su propia hija, que se había colgado de su espalda y que era tan salvaje y tan maleducada que daba gloria verla—. ¡Asquerosa niña! —dijo la madre, y no le dio tiempo de matar a Gerda.

—Quiero que juegue conmigo —dijo la hija de los bandoleros—, y quiero que me dé su manguito y su bonito vestido, y que duerma conmigo en mi cama —y otra vez mordió a la mujer bandolera, que pegó un respingo y se dio la vuelta; todos los demás bandoleros se echaron a reír y dijeron: «¡Mirad cómo baila con su hija!».

—¡Quiero subir a la carroza! —dijo la hija de bandoleros, empeñada en que todos le concedieran sus caprichos, pues era una niña mimada y cabezota. Se sentó al lado de Gerda en el coche, y ambas se adentraron en las profundidades del bosque, arrollando a su paso cepas y matojos.

La hija de bandoleros tenía la misma edad que Gerda, pero era más fuerte, más ancha de hombros y de tez más morena. Tenía los ojos negros y asomaba a ellos un punto de tristeza. De pronto cogió a la pequeña Gerda por la cintura y le dijo:

—No te matarán mientras yo no me enfade contigo. Eres una princesa, ¿no?

—No —respondió la pequeña Gerda, y le contó todo lo que le había ocurrido y cuánto quería al pequeño Kay.

La hija de bandoleros la miró con aire grave, hizo un leve gesto con la cabeza y dijo:

—No te matarán, incluso aunque me enfade contigo; seré yo quien lo haga —secó los ojos de Gerda y metió las manos en el manguito, tan calentito y tan suave.

La carroza se detuvo. Estaban en medio del patio de un castillo de bandoleros atravesado de grietas de arriba abajo. Cuervos y cornejas salían de cientos de agujeros, y desde lo alto saltaban enormes *bulldogs* capaces de zamparse a un hombre, pero no ladraban, pues lo tenían prohibido.

En el gran salón, viejo y ennegrecido por el hollín, ardía un gran fuego sobre unas baldosas de piedra; el humo se acumulaba en el techo y se espar-

cía por todas partes; un gran caldero de sopa hervía y, al fuego, en broche-
tas, se doraban varias liebres y conejos.

—Esta noche vas a dormir aquí, conmigo, ¡al lado de todos mis animalitos!
—dijo la hija de bandoleros.

Les dieron de comer y de beber y se fueron a un rincón donde había un
montón de paja y unas mantas. Sobre ellas, un centenar de palomas descan-
saban posadas en tableros y barrotes y parecían dormir, pero se volvieron un
poco para mirar de reojo cuando llegaron las niñas.

—¡Son todas mías! —dijo la hija de bandoleros, y cogió una de las que
tenía más cerca, la sujetó por las patas y la sacudió, haciéndola aletear—.
¡Dale un beso! —dijo, y golpeó con la paloma el rostro de Gerda—. Y ésa es
la canalla del bosque —explicó señalando unos barrotes que tapaban un
agujero en lo alto del muro—. Esos dos son la chusma del bosque; si no los
encerramos bien se escapan. Y aquí está mi novio: «¡Beee!» —y tiró por el
cuerno a un reno que llevaba al cuello un anillo de cobre pulido y que
estaba atado con una correa—. A éste también hay que atarlo, pues, si no,

sale pitando, como los otros. Todas las tardes le acaricio el cuello con mi cuchillo afilado y se asusta mucho –y de una rendija de la pared la niña sacó un enorme cuchillo y se lo pasó al reno por el cuello; el pobre animal se puso a dar coces, y la hija de bandoleros se echó a reír y llevó a Gerda a la cama.

–¿Duermes con el cuchillo? –preguntó Gerda inquieta.

–¡Siempre duermo con él! –dijo la hija de bandoleros–. Nunca sabes lo que puede llegar a ocurrir. Pero cuéntame otra vez lo que me has contado antes sobre el pequeño Kay y dime otra vez por qué te has puesto a viajar por el ancho mundo.

Gerda volvió a contar su historia, mientras las palomas del bosque arrullaban en lo alto de su jaula y las otras dormían. La hija de bandoleros rodeó el cuello de Gerda con el brazo, mientras sostenía el cuchillo en la otra mano, y se durmió dando ronquidos. Gerda, en cambio, no logró pegar ojo, pues no sabía si saldría viva de ésta.

Los bandoleros estaban sentados alrededor del fuego, cantando y bebiendo, y la mujer bandolera hacía piruetas. ¡Qué horrible espectáculo para la pobre niña!

Entonces las palomas del bosque dijeron:

–¡Ru, ru! Hemos visto al pequeño Kay. Una gallina blanca transportaba su trineo; iba sentado en el coche de la Reina de las Nieves, que volaba por encima del bosque. Estábamos en nuestro nido y nos echó su aliento, y todas mis compañeras, tan pequeñas, murieron; sólo quedamos nosotras dos. ¡Ru, ru!

–¿Qué decís? –exclamó Gerda–. ¿Dónde se fue la Reina de las Nieves? ¿Lo sabéis?

–Seguramente se fue a Laponia, pues allí siempre hay nieve y hielo. Pregúntale al reno que está atado a la cuerda.

–Hay hielo y nieve. ¡Se vive tan bien allí! –dijo el reno–. ¡Allí puedes retozar libremente en los extensos valles cubiertos de un blanco resplandeciente! Y allí tiene la Reina de las Nieves su campamento de verano, pero el castillo que es su residencia principal está en el Polo Norte, en una isla llamada Spitzerg.

—¡Oh! ¡Kay! ¡Mi querido Kay! —suspiró Gerda.

—Cálmate —dijo la hija de bandoleros—, ¡o te clavo el cuchillo en la tripa!

A la mañana siguiente, Gerda le contó todo lo que las palomas del bosque habían dicho, y la hija de bandoleros se puso muy seria, pero sacudió la cabeza y dijo:

—¡Me da igual! ¡Me da igual! ¿Tú sabes dónde está Laponia? —le preguntó al reno.

—¿Quién mejor que yo podría saberlo? —dijo el reno, cuyos ojos empezaron a echar chispas—. Yo nací allí, y allí pude brincar en los campos de nieve.

—Mira —dijo a Gerda la hija de bandoleros—, tú sabes que todos nuestros hombres se han ido, pero mi madre sigue ahí, y ahí va a seguir. Sin embargo, en algún momento de la mañana irá a beber de la garrafa y después le entrará sueño; ¡en ese momento haré algo por ti! —La hija del bandolero saltó de la cama, se lanzó al cuello de su madre, le tiró del bigote y dijo: «Buenos días, mi querido chivo», y entonces su madre le dio una bofetada tan fuerte que le puso morada la nariz, pero aquello no eran sino muestras de cariño.

Cuando su madre hubo bebido de la botella y se hubo acostado para echar un sueñecito, la hija de bandoleros se acercó al reno y le dijo:

—No es que no quiera pasarte aún muchas veces mi cuchillo afilado por el cuello, pues en esos momentos me haces reír, pero no importa, te voy a desatar y te ayudaré a salir para que puedas ir a Laponia. Pero no tardes. Tendrás que llevar a esta niña al castillo de la Reina de las Nieves, donde está su amiguito. Seguramente habrás oído todo lo que nos ha contado, pues habla bastante alto y tú siempre estás escuchando.

El reno dio un brinco de alegría. La hija de bandoleros levantó a la

pequeña Gerda y la sujetó con cuidado; hasta le dio un cojincito para que se sentara.

–Toma tus botas con forro –dijo la hija de bandoleros–, no me importa: allí donde vas va a hacer mucho frío. Pero el manguito me lo quedo, que es precioso. Eso sí, para que no tengas frío en las manos, toma las manoplas de mi madre, que te llegan hasta el codo. ¡Mete bien dentro las manos! ¡Ahora tus manos se parecen a las de mi asquerosa madre! –Y Gerda se puso a llorar de alegría–. ¡No me gusta nada cuando lloriqueas así! –dijo la hija de bandoleros–. Tienes que parecer alegre, venga; y toma dos panecillos y jamón, así no tendrás hambre –ató bien las provisiones al lomo del reno, abrió la puerta y encerró a los perrazos; luego cortó la cuerda con su cuchillo y dijo al reno–: ¡Corre! ¡Y cuida bien de la niña!

Gerda tendió hacia la hija de bandoleros las manos metidas en las enormes manoplas y le dijo adiós. El reno salió como un rayo, saltando sobre los setos y las cepas; atravesó bosques, pantanos y estepas corriendo todo lo rápido que le permitían sus patas. Los lobos aullaban, y los cuervos graznaban. El cielo hacía «¡achís, achís!», como si lanzara rojos estornudos.

–Son mis queridas auroras boreales –dijo el reno–. ¡Mira cómo iluminan el cielo! –y galopaba cada vez más rápido, noche y día.

Cuando se acabaron los panecillos y el jamón, llegaron a Laponia.

Sexta historia

LA LAPONA Y LA FINESA

• • •

Se detuvieron frente a una pequeña casita que era muy pobre. El tejado llegaba hasta el suelo y la puerta era tan baja que la familia tenía que reptar por el suelo para entrar y salir. En ella vivía una vieja mujer lapona que estaba asando un pescado a la luz de una lámpara de aceite de ballena. El reno le contó toda la historia de Gerda, pero antes empezó por la suya propia, pues consideraba que era mucho más importante, y Gerda estaba tan aterida de frío que no podía ni hablar.

–¡Pobrecitos! –dijo la lapona–. Y con lo que os queda todavía por recorrer hasta Finnmark, que es donde tiene la Reina de las Nieves su casa de campo y donde enciende todas las tardes fogatas azuladas. Voy a escribir unas palabras en un bacalao seco, pues no me queda papel, y se la llevaréis a la finesa, allá arriba; ella podrá daros más información que yo.

Cuando Gerda hubo entrado en calor, comido y bebido, la lapona escribió unas palabras en un bacalao seco, rogó a Gerda que tuviera mucho cuidado y sujetó de nuevo a la niña al reno, que partió al galope. «¡Achís, achís!», se oía en el aire, y la bonita luz azulada de las auroras boreales alumbró el cielo durante toda la noche.

Cuando llegaron a Finnmark, llamaron a la chimenea de la finesa, que no tenía puerta. Hacía tanto calor en el interior de la casa que la finesa se paseaba casi desnuda; era bajita y muy sucia. Enseguida deshizo las ropas de la pequeña Gerda, le quitó las manoplas y las botas, pues si no se habría muerto de calor, puso un trozo de hielo en la cabeza del reno y por último leyó lo que estaba escrito en el bacalao seco. Lo leyó tres veces, hasta que se lo aprendió de memoria, y luego metió el pescado en el caldero, pues no había razón para echarlo a perder; ella nunca desperdiciaba ni una miga.

El reno contó primero su propia historia, y después la de la pequeña Gerda, y los ojos de la finesa, que eran muy vivos, pestañeaban, pero la mujer no dijo nada.

–Eres muy lista –dijo el reno–, sé que puedes coser todos los vientos con hilo de hilvanar. Cuando el capitán del barco deshace el primer nudo, el viento le es favorable; si deshace el segundo, el viento sopla fuerte; y, si deshace el tercero y el cuarto, se desencadena una tormenta que arranca los árboles de los bosques. ¿No podrías darle a la niña un brebaje que le dé la fuerza de doce hombres y le permita derrotar a la Reina de las Nieves?

–¡La fuerza de doce hombres! –dijo la finesa–. ¡Como si eso bastara! –y cogió de una repisa un gran trozo de piel enrollada y lo desenrolló. Había inscritos en él extraños caracteres y la finesa sudaba la gota gorda intentando descifrarlos.

Pero el reno intercedió de nuevo por Gerda con tal insistencia y la niña la miraba con ojos tan suplicantes y llenos de lágrimas, que la mujer se puso otra vez a pestañear y llevó al reno a un rincón donde, mientras le ponía otro bloque de hielo en la cabeza, le susurró:

–El pequeño Kay está efectivamente en el palacio de la Reina de las Nieves. Le encanta estar allí y piensa que es el mejor lugar del mundo, pero es por culpa de un trozo del espejo que se le ha clavado en el corazón y del polvo de cristal del espejo que le ha entrado en el ojo. Lo primero de todo es quitárselos; si no nunca volverá a ser humano, y la Reina de las Nieves conservará todo el poder que ejerce sobre él.

–¿Pero no podrías darle a Gerda algo que le confiera poder sobre todo eso?

–¡No puedo darle mayor poder del que ya tiene! ¿No ves lo inmenso que es? ¿No ves acaso que los hombres y los animales tienen que ayudarla, y lo bien que se las ha arreglado para recorrer el mundo descalza? No debemos hacerle ver cuál es su poder, que reside en su corazón, y nace del hecho de que es una niña pura e inocente. Si no consigue entrar por sus propios medios en el palacio de la Reina de las Nieves para liberar a Kay del cristal, ¡nosotros nada podemos hacer por ella! El jardín de la Reina de las Nieves empieza a dos leguas de aquí. Puedes llevar a la niña hasta allí; déjala cerca del gran matorral de frutos rojos que crece en la nieve, no pierdas el tiempo en charlas inútiles y vuelve rápido aquí –y la finesa volvió a colocar a Gerda a lomos del reno, que corrió con todas sus fuerzas.

–¡No he cogido mis botas ni mis manoplas! –exclamó la pequeña Gerda.

Se daba cuenta ahora, con aquel frío cruel, pero el reno no se atrevió a parar, sino que siguió corriendo hasta que llegó al gran matorral de frutos rojos. Allí dejó a Gerda, le dio un beso en los labios y vertió gruesas lágrimas que le rodaban por sus mejillas. Luego salió corriendo otra vez con todas sus fuerzas para regresar a casa de la finesa. La pobre Gerda estaba sin zapatos y sin guantes en aquel terrible frío de Finnmark.

Gerda avanzó por el jardín todo lo rápido que pudo. De pronto llegó todo un regimiento de copos de nieve, pero no caían del cielo, que estaba despejado e iluminado por la aurora boreal: los copos de nieve corrían por el suelo e iban aumentando de tamaño a medida que se acercaban. Gerda recordaba los copos de nieve que había visto con la lupa, que le habían parecido grandes y hermosos: el trabajo de un artista. Pero aquellos eran muy diferentes: grandes y terribles; estaban vivos, eran los emisarios de la Reina de las Nieves. Tenían formas extrañas: algunos parecían erizos enormes y feroces; otros, un nido de serpientes entrelazadas que sacaban la cabeza, y otros parecían osos rechonchos de pelo hirsuto. Eran todos de un blanco resplandeciente y eran copos de nieve vivos.

Entonces la pequeña Gerda rezó un padrenuestro, y el frío era tan intenso que podía ver su propio aliento saliendo de la boca como si fuera humo. Su aliento se hizo cada vez más denso y se transformó en pequeños angelitos luminosos que crecían rápidamente en cuanto tocaban el suelo. Todos llevaban un casco en la cabeza y lanzas y escudos en las manos. Se fueron haciendo cada vez más numerosos y, para cuando Gerda hubo terminado su oración, eran toda una legión. Golpearon con sus lanzas los horribles copos de nieve, que se rompían en mil pedazos, y la pequeña Gerda avanzó con paso firme y decidido. Los ángeles le frotaban los pies y las manos para amortiguarle el frío, y con presteza se dirigió al castillo de la Reina de las Nieves.

Pero antes veamos qué era de Kay. Lo que es seguro es que no estaba pensando en la pequeña Gerda, ni mucho menos podía imaginarse que ella estuviera justo delante del castillo.

Séptima historia

DE LO QUE HABÍA OCURRIDO
EN EL PALACIO DE LA REINA DE LAS NIEVES
Y DE LO QUE ACONTECIÓ DESPUÉS
• • •

Los muros del castillo estaban hechos de nieve aglomerada y las puertas y ventanas eran vientos acerados. Había más de un centenar de salones formados por ventiscas de nieve, y el más grande se extendía varias leguas. Todos estaban iluminados por el fulgor de las auroras boreales, y todos eran amplios, desiertos y resplandecientes, y reinaba en ellos un frío glacial. Nunca entraba en aquellas salas la alegría; nunca se celebraba un baile de osos polares en el que resoplaran los vientos de la tempestad y en el que los osos polares se sostuvieran sobre sus patas traseras dándose aires distinguidos. Ni siquiera una ronda de juegos en la que darse golpecitos en la boca o en las patas. Ni la más mínima invitación a merendar donde las raposas polares, esas señoritas tan blancas, pudieran charlar y tomar café. En los salones de la Reina de las Nieves todo era vacío, extenso y glacial. Los fuegos de las auroras boreales se encen-

202

dían y apagaban con tal exactitud que bastaba con contar para saber cuándo su brillo alcanzaba su apogeo y cuándo estaba a punto de extinguirse. En medio de la sala nevada y vacía que se extendía hasta donde alcanzaba la vista había un lago helado. La capa de hielo estaba rota en mil pedazos, pero los fragmentos de hielo tenían forma tan exacta y tan regular que eran una verdadera maravilla. En medio de aquel lago se sentaba en su trono la Reina de las Nieves cuando estaba en casa. Ella solía decir que su trono presidía el espejo de la razón, y que era el único y el mejor del mundo.

El pequeño Kay estaba morado de frío, casi tirando a negro, pero él no lo notaba por culpa del beso que la Reina de las Nieves le había dado para quitarle el temblor. Además, su corazón era ya prácticamente un bloque de hielo. El niño transportaba trozos de hielos planos y afilados y los colocaba de mil maneras, como si intentara darles una forma; como cuando nosotros cogemos taquitos de madera y los juntamos para reconstruir figuritas, en ese juego que llamamos *tangram* o rompecabezas chino. Kay se entretenía formando figuritas complicadas; era el «juego gélido de la razón». A él le parecían figuritas extraordinarias y las trataba con mucha solemnidad, ¡pero era por culpa del fragmento de espejo que tenía metido en el ojo! Cada figura que formaba era una letra, pero no lograba escribir el término que estaba buscando, que era la palabra «eternidad». La Reina de las Nieves le había dicho: «Si consigues formar esta figura, llegarás a ser tu propio dueño, y te regalaré el mundo entero y un par de zapatillas». Pero no acababa de conseguirlo.

–Me voy a tierras más cálidas –dijo la Reina de las Nieves–. ¡Quiero echar un vistazo a los calderos negros! –se refería a las montañas que escupen fuego y que conocemos como el Etna y el Vesubio–. Voy a echarles un poco de polvo blanco, como suelo hacer –y la Reina de las Nieves salió volando.

Kay se quedó solo en el vacío salón de hielo que medía miles de leguas, contemplando los trozos de hielo y pensando; tan concentrado estaba que le crujían los pensamientos. Permanecía allí sentado, rígido e inmóvil, como si hubiera muerto de frío. En ese mismo momento la pequeña Gerda franqueó el gran pórtico del castillo que estaba hecho de vientos cortantes. Pero iba rezando su oración de la tarde, y los vientos se calmaron como si se hubieran quedado dormidos. Entró en los salones desiertos y heladores y por fin vio a Kay. Al reconocerlo le echó los brazos al cuello y lo abrazó con todas sus fuerzas:

—¡Kay! ¡Mi pequeño y bueno Kay! ¡Por fin te encuentro! —exclamó.

Pero él se quedó completamente inmóvil, rígido y frío. Entonces la pequeña Gerda vertió lágrimas calientes que gotearon en el pecho de Kay, penetraron hasta su corazón y derritieron el bloque de hielo, arrastrando con ellas el pequeño fragmento de cristal que se había quedado clavado allí. Cuando él la miró, ella cantó el salmo:

En el valle donde florecen mil rosas
al Niño Jesús contamos nuestras cosas.

Entonces Kay prorrumpió en sollozos. Lloró tan fuerte que el resto de cristal salió de su ojo y, al reconocer a Gerda, lanzó un grito de alegría:

—¡Gerda! ¡Mi pequeña Gerda! ¿Dónde te has metido todo este tiempo? ¿Y yo? ¿Qué me ha ocurrido? —entonces miró a su alrededor—. ¡Qué frío hace aquí! ¡Qué inmenso y desierto es este lugar!

Kay apretaba a Gerda contra él, que reía y lloraba de alegría. Era tan conmovedor que hasta los fragmentos de hielo se pusieron a bailar de alegría en torno a ellos y, cuando se cansaron se fueron a dormir; entonces se colocaron formando las letras de la palabra que la Reina de las Nieves le había pedido a Kay que hallara si quería volver a ser dueño de sí mismo y recibir como regalo el mundo entero y un par de zapatillas nuevas.

Gerda le dio un beso en las mejillas, y éstas recobraron su rubor; le dio otro beso en los ojos, y éstos se pusieron a brillar como los de ella; y le dio otro en las manos y los pies, y el niño recobró todas sus fuerzas y su salud. Ya podía

volver al palacio, si quería, la Reina de las Nieves: el billete que otorgaba la libertad a Kay estaba allí, escrito con resplandecientes trozos de hielo.

Kay y Gerda salieron del castillo cogidos de la mano. Hablaban de la abuela y de las rosas que crecían en el tejado, y allí por donde pasaban se apaciguaban los vientos y salía el sol. Cuando llegaron al matorral de frutos rojos, el reno los estaba esperando. A su lado iba una hembra que tenía las ubres llenas; ésta ofreció a los niños su leche caliente y los besó en los labios. Después los dos renos se llevaron a los niños primero a casa de la finesa, y allí, en aquella habitación de ambiente tan sofocante, pudieron entrar en calor y recibieron todo tipo de indicaciones para emprender el viaje de vuelta. Después los llevaron a casa de la lapona, que les había cosido ropa nueva y había preparado el trineo.

Los renos, que los acompañaron hasta la frontera del país, iban saltando a su lado. Allí empezaba a asomar el primer verdor, y los niños se despidieron del reno y de la lapona. Todos se dijeron: «¡Hasta siempre!». Ya se oían los primeros gorjeos de los pajaritos, y en el bosque nacían los primeros brotes verdes. Gerda vio aparecer un magnífico caballo que ella conocía bien (era uno de los que tiraban de la carroza de oro), y en él iba montada una niña con un gorro rojo vivo en la cabeza y pistolas en las manos. Era la pequeña hija de bandoleros, que se había hartado de estar en su casa y quería viajar hacia el Norte y, si no le gustaba, a cualquier otro lugar. Enseguida reconoció a Gerda y se puso muy contenta.

–Menudo golfo estás hecho –le dijo al pequeño Kay–. ¡Me pregunto si mereces que hayan ido a buscarte hasta el final del mundo! –Pero Gerda le dio un manotazo en la mejilla y le preguntó por el príncipe y la princesa–. Se han ido al extranjero –contestó la hija de bandoleros.

–¿Y la corneja del bosque? –preguntó la pequeña Gerda.

–¡Murió! –respondió la niña–. Ahora la corneja domesticada es viuda y lleva una cinta negra atada a la pata. No para de lamentarse. Pero todo esto no tiene ningún interés; mejor cuéntame tú lo que te ha ocurrido y cómo hiciste para encontrarlo.

Gerda y Kay contaron cada uno su relato.

—¡Así se escribe la historia! —exclamó la hija de bandoleros tras oír todo aquello. Entonces los cogió a ambos de la mano y les prometió que si algún día pasaba por la ciudad iría sin falta a hacerles una visita. Luego se fue a caballo a recorrer el ancho mundo.

Kay y Gerda iban por todas partes cogidos de la mano y a su paso surgía la primavera, deliciosa, que traía consigo flores y verdor. Las campanas de las iglesias repicaban, y los niños reconocieron los campanarios y entraron en la gran ciudad, que era su hogar; fueron a la puerta de la abuela, subieron las escaleras, entraron en la habitación, y en ella todo seguía en el mismo sitio que cuando se habían marchado. El reloj decía: «¡Tic, tac!», y las agujas giraban. Sin embargo, cuando cruzaron el umbral vieron que se habían hecho mayores. Los rosales del canalón habían florecido y se metían en la casa por las ventanas abiertas. Y allí seguían las sillitas de su infancia. Kay y Gerda seguían cogidos de la mano. Habían olvidado, igual que se olvida una horrible pesadilla, el esplendoroso y frío castillo de la Reina de las Nieves. La abuela estaba sentada bajo los cálidos rayos del sol de Dios y leía la Biblia en voz alta: «¡Os aseguro que, si no volvéis a ser como niños, no entraréis en el Reino de los Cielos!».

Kay y Gerda se miraron a los ojos y comprendieron por fin el viejo salmo:

En el valle donde florecen mil rosas
al Niño Jesús contamos nuestras cosas.

Allí estaban sentados los dos, adultos ya, y sin embargo todavía niños, niños en su corazón, y había llegado el verano, el verano cálido y bendito.

•   •   •
•

• • •

EL PORQUERIZO

Érase una vez un príncipe que era pobre. Su reino era muy pequeño pero, bueno, era lo bastante grande como para que pudiera casarse. Y eso era lo que él deseaba: casarse.

Fue muy valiente por su parte, ciertamente, atreverse a decir a la hija del emperador: «¿Quieres casarte conmigo?». Y eso que él podía permitírselo perfectamente, pues su nombre era de sobra conocido por todo el mundo y con seguridad muchas princesas habrían respondido: «Sí, gracias». ¿Pero creéis que ella aceptó?

Pues bien, escuchad lo que pasó.

Sobre la tumba del padre de aquel príncipe había un rosal, un rosal hermosísimo. Sólo florecía cada cinco años y, cuando lo hacía, daba una única rosa, de perfume tan exquisito que sólo con olerla se te pasaban todas las penas y las preocupaciones. El príncipe tenía además un ruiseñor que cantaba como si de su gargantita brotaran las más bellas melodías. Aquella rosa y aquel ruiseñor eran para la princesa. Los metieron en dos grandes cajas de plata y se los enviaron.

El emperador mandó traer las cajas ante él y entró en el gran salón donde la princesa estaba jugando a las visitas con sus damas de honor. No tenían en el mundo más preocupaciones. Cuando la princesa vio las dos grandes cajas con los regalos, dio palmas de alegría.

—¡Ojalá sea una peluca! —dijo, pero ante ella apareció la exquisita rosa.

—¡Oh! ¡Qué bonita es! —exclamaron las damas de la corte.

—Es mucho más que eso —dijo el emperador—: ¡es hermosa!

Pero la princesa la tocó y estuvo a punto de echarse a llorar.

—¡Qué rollo, papá! No es artificial. ¡Es una rosa de verdad!

—¡Qué rollo! —repitieron las damas de la corte—. ¡Es sólo una rosa de verdad!

—Bueno, bueno, antes de enfadarte, vamos a ver lo que hay en la otra caja —dijo el emperador.

Y entonces apareció el ruiseñor. Cantó tan bien que hasta pasado un rato nadie pudo emitir una palabra.

—¡*C'est magnifique!* —dijeron las damas de honor en francés, pues todas chapurreaban un poco de francés, cada cual peor que las demás.

—¡Cómo me recuerda este pájaro a la cajita de música de la difunta emperatriz! —dijo un anciano caballero—. ¡Tiene exactamente el mismo acento, la misma dicción!

—¡Es verdad! —dijo el emperador, y rompió a llorar como un niño.

—Vaya, hombre, no me digáis que éste también es de verdad —dijo la princesa decepcionada.

—Sí, es un pájaro de verdad —dijeron los que lo habían traído.

—Entonces, que salga volando —dijo la princesa, y ya no quiso permitir que el príncipe viniera a verla.

Pero el príncipe no se dejó achantar: se embadurnó la cara de marrón y negro, se cubrió la cabeza con una gorra y llamó a la puerta.

—Buenos días, emperador —dijo—. ¿Podríais darme un empleo en el castillo?

—¡Oh, hay tantos que piden un empleo! —dijo el emperador—. Pero veamos... Sí, necesito alguien para cuidar de mis cerdos, pues tenemos muchos.

Y así fue como el príncipe fue nombrado porquerizo imperial. Le dieron un inmundo cuartucho cerca de la senda de los cerdos y allí tuvo que quedarse. Pasó todo el día trabajando y, al caer la tarde, había fabricado un bonito caldero rodeado de cascabeles. Cuando el caldero se ponía a hervir sonaban los cascabeles y tocaban la vieja canción:

> *¡Ay, mi querido Agustín!*
> *¡Todo lo que me perdí!*

Y lo más ingenioso de todo era que, si metías el dedo en el vapor del caldero, podías adivinar rápidamente por el olor qué platos se estaban cocinando en cada chimenea de la ciudad. Desde luego, nada que ver con una rosa.

La princesa pasó por allí mientras paseaba con todas sus damas de honor y, al oír la melodía, se detuvo y se puso muy contenta, pues sabía tocarla: «*Ay, mi querido Agustín*» era la única melodía que sabía tocar, pero la tocaba con los ojos cerrados.

—¡Es la canción que me sé! —dijo—. ¡Debe de ser un porquerizo muy culto! Entrad a preguntarle cuánto pide por su instrumento.

Entonces una de las damas de honor fue corriendo a preguntárselo, pero no sin antes ponerse unos grandes zuecos para protegerse los pies.

—¿Cuánto pides por este caldero? —preguntó la dama de honor.

—Quiero diez besos de la princesa —respondió el porquerizo.

—¡Que Dios nos ampare! —exclamó la dama de honor.

—Por menos de eso no lo vendo.

—Bueno, ¿cuánto pide? —preguntó la princesa.

—No me atrevo a decíroslo —dijo la dama de honor—, es espantoso.

—Bueno, pues dímelo al oído —y la dama de la corte se lo susurró al oído.

—¡Menudo sinvergüenza! —dijo la princesa, y se fue al instante.

Pero, cuando había dado unos pasos, los cascabeles volvieron a tocar la melodía:

> *¡Ay, mi querido Agustín!*
> *¡Todo lo que me perdí!*

—Bueno, ve a preguntarle si acepta diez besos de mis damas de honor —dijo la princesa.

—No, gracias —dijo el porquerizo—. Diez besos de la princesa o me quedo con el caldero.

—Qué pesado —dijo la princesa—. Pues entonces os tenéis que colocar a mi alrededor y cubrirme para que nadie me vea.

Las damas de honor se colocaron delante de ella tapándola con sus vestidos. Entonces el porquerizo recibió sus diez besos y la princesa consiguió su caldero.

¡Ah! ¡Qué bien! El caldero estuvo hirviendo durante toda la tarde y todo el día siguiente; y supieron lo que se cocía en las chimeneas de toda la ciudad, tanto en la casa del chambelán como en la del zapatero. Las damas de honor bailaban y daban palmas.

—Sabemos que habrá potaje de confituras y torta. Sabemos que habrá puré de sémola o chuletas. ¡Qué interesante!

—Interesantísimo —dijo la primera dama de la corte.

—Sí, pero de esto ni palabra, que soy la hija del emperador.

—¡Dios nos libre! —contestaron todas.

El porquerizo, o sea, el príncipe, pero que ellas creían que era un auténtico porquerizo, no se estuvo de brazos cruzados aquel día. Fabricó una carraca que cuando la agitaba tocaba con sus chirridos todas las polkas, valses y mazurcas conocidos desde la noche de los tiempos.

—¡Pero qué preciosidad! —dijo la princesa cuando pasó por allí—. ¡Nunca en mi vida había oído canciones tan bonitas! Mirad, id a preguntarle cuánto cuesta ese instrumento. ¡Y decidle que esta vez nada de besos!

—Pide cien besos de la princesa —dijo la dama de honor que había ido a preguntar.

—¡Está loco! —dijo la princesa, y empezó a irse, pero a los pocos metros se detuvo—. A fin de cuentas, hay que promocionar a los artistas —dijo—; para

eso soy la hija del emperador. Decidle que le daré diez besos, como ayer, y que el resto lo recibirá de mis damas de honor.

–Sí, pero es que nosotras no queremos –dijeron las damas de honor.

–¡Tonterías! –replicó la princesa–. Si yo puedo besar al porquerizo, vosotras también podéis. No olvidéis que yo soy la que os mantiene y que gracias a mí tenéis una posición.

Y la dama de honor tuvo que volver al cuartucho del porquerizo.

–Cien besos de la princesa –dijo el mozo–, o no hay trato.

–Cubridme –dijo la princesa; todas las damas de honor la rodearon y ella empezó a repartir besos.

–¿Qué es aquel tumulto de allí, en la senda de los gorrinos? –preguntó el emperador, que se había asomado a la terraza; luego se frotó los ojos y se puso las gafas–. ¡Pero bueno! ¡Si son las damas de honor! ¿Que estarán tramando? Tengo que ir a ver qué pasa –y se subió la parte trasera de las zapatillas, pues en realidad eran zapatos que tenían el contrafuerte desgastado por los talones.

¡Diantre! ¡Le faltó tiempo! Cuando llegó al patio, frenó la marcha y se acercó al grupo muy despacio. Las damas de honor estaban tan concentradas contando besos, para que no se diera ni uno de más ni de menos, que no se dieron cuenta de la presencia del emperador. Éste se puso de puntillas para mirar.

–¡Qué está pasando aquí! –dijo al ver todo aquel besuqueo, y les dio un zapatillazo en la cabeza, justo cuando el porquerizo estaba recibiendo su octogésimo sexto beso–. ¡Fuera de aquí! –gritó el emperador, que estaba

furioso; y la princesa y el porquerizo fueron expulsados del imperio.

La princesa lloró, el porquerizo refunfuñó, y se puso a llover a cántaros.

–¡Qué desgraciada soy! –dijo la princesa–. ¡Por qué no habré aceptado al príncipe encantador! ¡Soy tan desgraciada!

Entonces el porquerizo se ocultó detrás de un árbol, se limpió el marrón y el negro de la cara, se quitó las sucias ropas que llevaba y se puso su traje de príncipe. Estaba tan apuesto que la princesa no pudo evitar hacer una reverencia.

–He venido para mostrarte mi despecho –dijo–. Rechazaste a un príncipe leal, despreciaste la rosa y el ruiseñor, pero no has dudado en besar a un porquerizo sólo para conseguir un juguete barato de música. Ahí te quedas, que te diviertas.

Y volvió a su reino, cerró la puerta y echó el cerrojo. Ya podía la princesa quedarse fuera cantando:

¡Ay, mi querido Agustín!
¡Todo lo que me perdí!

• • •
•

EL DUENDE DEL CHARCUTERO

Érase una vez un estudiante de los de verdad, que vivía en una buhardilla y no poseía nada en el mundo. Y érase un charcutero, también de los de verdad, que vivía en la planta baja y era dueño de toda la casa. Con éste decidió quedarse el duende, pues cada Nochebuena recibía en casa del charcutero un plato de puré con un buen trozo de mantequilla dentro, que era algo que el charcutero podía ofrecer. El duende se quedaba en la tienda, lo cual era muy instructivo.

Una tarde el estudiante entró por la puerta trasera para comprarse una vela y un poco de queso. No tenía a nadie que le hiciera los recados, y por eso los hacía él mismo. Le dieron lo que pedía, pagó, y el charcutero y su mujer le hicieron con la cabeza un gesto de buenas noches. Y eso que la mujer sabía expresarse mejor que con simples gestos de cabeza, pues tenía mucha labia. El estudiante les devolvió el saludo de cabeza y se detuvo para leer la hoja que envolvía el queso. Era una hoja arrancada de un viejo libro que nadie debería haber roto, pues era un viejo libro repleto de poesía.

—¡Falta texto! —dijo el charcutero—. Lo conseguí de una anciana a cambio de un poco de café. Si me da ocho chelines, se puede usted quedar con el resto del libro.

–Se lo agradezco –dijo el estudiante–. Me lo quedo a cambio del queso. ¡Bien puedo comerme la rebanada de pan sin nada encima! Sería un pecado desgarrar el libro en mil pedazos. Es usted un hombre inteligente y con un gran sentido práctico, ¡pero de poesía no sabe usted más de lo que sabe este barril!

Aquel comentario fue muy poco cortés por su parte, sobre todo para el pobre barril, pero el charcutero se rió, y el estudiante con él, pues lo había dicho un poco en broma. Pero al duende le sentó muy mal que le dijeran ese tipo de cosas a un tendero que albergaba inquilinos en su casa y que vendía una mantequilla excelente.

Cuando se hizo de noche –la tienda estaba cerrada y todo el mundo dormía excepto el estudiante–, el duende entró y cogió la jactancia de la patrona, que no hacía uso de ella mientras dormía. Podía ponerla en cualquier sitio de la habitación, encima de cualquier objeto, y entonces el objeto en cuestión quedaría dotado con el don de la palabra y sería capaz de expresar sus ideas y sus sentimientos con tanta elocuencia como si fuera la patrona. Pero sólo podía hacerse aquello con un único objeto cada vez, y menos mal, pues de lo contrario se habrían puesto a hablar todos al mismo tiempo.

El duende colocó la jactancia encima del barril donde estaban los periódicos viejos.

–¿Es cierto que no sabéis lo que es la poesía? –preguntó el duende.

–Sí que lo sé –respondió el barril–. Es una cosa que está en la parte de abajo de los periódicos y que se recorta. Creo que tengo más de esas cosas en mi interior que el estudiante, y eso que, en comparación con el charcutero, no soy más que un pobre barril.

Después, el duende colocó la jactancia sobre el molinillo de café y, ¡oh!, ¡éste se puso a dar vueltas como loco! Después la puso sobre el barril de mantequilla y sobre la caja registradora. Todos pensaban lo mismo que el pri-

219

mer barril, y ya se sabe que, cuando todo el mundo tiene la misma opinión, ésta debe respetarse.

–¡Ahora le toca al estudiante! –y el duende subió sin hacer ruido por la escalera de la cocina hasta la buhardilla donde vivía el estudiante. Dentro había luz. El duende miró por el agujero de la cerradura y vio que el estudiante estaba leyendo el libro hecho jirones que acababa de comprar. ¡Cuánta luz había! Del libro salía un haz luminoso que se convertía en un tronco y después en un árbol formidable que llegaba muy alto y extendía las ramas por encima del estudiante. Cada hoja desprendía mucho frescor y cada flor era una linda cabecita de joven damisela; algunas tenían los ojos oscuros y luminosos, y otras azules y misteriosamente claros. Cada fruto era una estrella brillante y del sonido de los cánticos y de la música nacía una belleza prodigiosa.

No, el duende no había imaginado nunca tal esplendor, y aún menos lo había visto, ni siquiera vislumbrado. Permaneció de puntillas observando y observando, hasta que la luz de la habitación se esfumó. Seguramente el estudiante había apagado la lámpara y se había acostado. Pero aun así el duendecillo siguió allí, pues el canto resonaba todavía, suave y hermoso, como si fuera una nana para que el estudiante descansara mejor.

–¡Esta habitación es maravillosa! ¡No me lo esperaba! Me parece que voy a quedarme con el estudiante –entonces se puso a meditar, y a meditar con mucho sentido común, pero acabó lanzando un suspiro–: ¡El estudiante no tiene puré que ofrecer! –y entonces se fue.

Pues sí, bajó a casa del charcutero, y menos mal que llegó en ese momento, porque el barril había agotado casi toda la jactancia de la patrona exponiendo todo su contenido por uno de sus lados, y estaba a punto de repetirlo todo pero por el otro lado. Entonces el duende le quitó la jactancia para devolvérsela a la patrona. Pero toda la tienda, desde la caja registradora hasta las ramitas de leña más pequeñas, había adoptado la opinión del barril, y le mostraban tanto respeto y lo creían capaz de tan grandes cosas que cuando, más adelante, el charcutero leyó en el periódico de la tarde las *Crónicas sobre las artes y el teatro*, estaban convencidos de que aquello era idea del barril.

Pero el duendecillo ya no escuchaba con tranquilidad la sabiduría y la sensatez de la planta baja, no, pues en cuanto veía la luz de la buhardilla le daba la impresión de que sus rayos eran sólidos eslabones de una cadena que lo atraía hacia lo alto, y no podía evitar subir a mirar por el ojo de la cerradura. Entonces se apoderaba de él ese sentimiento de exaltación que te sobrecoge cerca del mar agitado cuando Dios pasa por él en forma de tempestad. Entonces rompía a llorar. Él mismo no sabía muy bien por qué lloraba, ¡pero el llanto le hacía tanto bien! Habría dado lo que fuera por estar sentado bajo aquel árbol con el estudiante; pero no era posible y se conformaba con mirar por el ojo de la cerradura. Y allí seguía, en el frío descansillo, mientras el viento del otoño entraba por el desván. Hacía muchísimo frío, pero el duende sólo empezaba a notarlo cuando se apagaba la luz de la buhardilla y el viento ahogaba los dulces sonidos. ¡Uh! Entonces empezaba a tiritar y bajaba a su rinconcito tan acogedor y tan confortable. Y cuando llegó el puré de Navidad con su gran trozo de mantequilla, ahí sí, claro, ¡su amo era el dueño de la charcutería!

Pero una noche el duende se despertó con un gran jaleo que llegaba por la ventana. Desde la calle, la gente llamaba a los cristales. El sereno tocaba el silbato, pues se había declarado un incendio y toda la calle estaba en llamas. ¿De dónde venía: de la casa del charcutero o de la del vecino? ¿De dónde? ¡Qué horror! La mujer del charcutero estaba tan aturdida que se quitó los pendientes y se los metió en el bolsillo, para intentar salvar algo, aunque sólo fuera eso. El charcutero fue a buscar sus obligaciones y la criada su mantilla de seda, que había comprado con sus ahorros. Todos intentaban salvar lo mejor que tenían, incluido el duendecillo, que subió los escalones de cuatro en cuatro hasta la buhardilla del estudiante. Éste estaba mirando tranquilamente por la ventana abierta el patio en llamas del vecino de enfrente. El duendecillo cogió el libro maravilloso que estaba encima de la mesa, lo metió en su gorro rojo y lo agarró bien fuerte entre las manos. ¡El mayor tesoro de la casa estaba a salvo! Salió a todo correr por el tejado, trepó por la chimenea y se quedó allí sentado, al resplandor del fuego de la casa de enfrente, sujetando bien con las dos manos su gorro rojo, que protegía el tesoro.

Ahora sabía a quién pertenecía su corazón y dónde tenía él su sitio. Sin embargo, cuando se apagó el incendio y hubo recuperado la calma, ¡vaya!:

–¡Me voy a dividir entre los dos! –dijo–. ¡No puedo abandonar por completo al charcutero, que me da un puré tan rico!

¡Era muy humano! Nosotros también vamos muchas veces a casa del charcutero a comernos su puré.

· · ·
·

Títulos de la colección